唐贤读破三千纸，勒马回头作旧诗。

闻一多

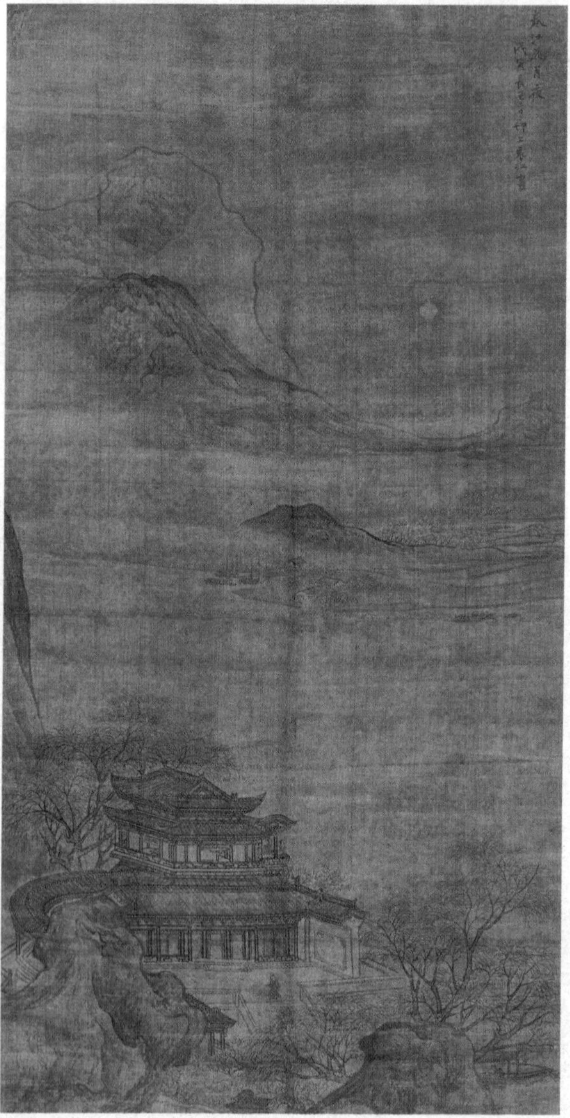

清·袁江 春江花月夜

明·唐寅 落霞孤鹜图

明·周臣 柴门送客图

清・王时敏 杜甫诗意图

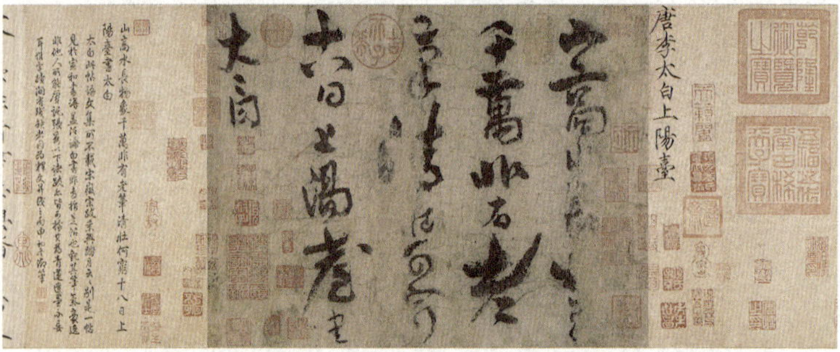

唐·李白 上阳台帖

宋·梁楷 李白行吟图

明·仇英 春夜宴桃李园图

大师讲义

闻一多讲唐诗

闻一多——著

春风文艺出版社
·沈阳·

图书在版编目（CIP）数据

闻一多讲唐诗 / 闻一多著. -- 沈阳：春风文艺出版社，2025.8. --（大师讲义）. -- ISBN 978-7-5313-6983-7

Ⅰ. I207.227.42

中国国家版本馆CIP数据核字第2025C2S386号

春风文艺出版社出版发行
沈阳市和平区十一纬路25号　邮编：110003
辽宁新华印务有限公司印刷

责任编辑：韩　喆	助理编辑：史云龙
责任校对：赵丹彤	封面设计：丁末末
插　　页：8	幅面尺寸：130mm × 185mm
字　　数：93千字	印　　张：5.5
版　　次：2025年8月第1版	印　　次：2025年8月第1次
书　　号：ISBN 978-7-5313-6983-7	
定　　价：36.00元	

目　录

类书与诗*

检讨的范围是唐代开国后约略五十年，从高祖受禅（六一八）起，到高宗武后交割政权（六六〇）止。靠近那五十年的尾上，上官仪伏诛，算是强制地把“江左余风”收束了，同时新时代的先驱，四杰及杜审言，刚刚走进创作的年华，沈、宋与陈子昂也先后诞生了，唐代文学这才扯开六朝的罩纱，露出自家的面目。所以我们要谈的这五十年，说是唐的头，倒不如说是六朝的尾。

寻常我们提起六朝，只记得它的文学，不知道那时期对于学术的兴趣更加浓厚。唐初五十年所以像六朝，也正在这一点。这时期如果在文学史上占有任何位置，不是因为它在文学本身上有多少价值，而是因为它对于

* 本文原载《大公报》文艺副刊第五十二期。

文学的研究特别热心，一方面把文学当作学术来研究，同时又用一种偏向于文学的观点来研究其余的学术。给前一方面举个例，便是曹宪、李善等的“选学”。（这回文学的研究真是在学术中正式地分占了一席。）后一方面的例，最好举史学。许是因为他们有种特殊的文学观念（即《文选》所代表的文学观念），唐初的人们对于《汉书》的爱好，远在爱好《史记》之上，在研究《汉书》时，他们的对象不仅是历史，而且是记载历史的文字。便拿李善来讲，他是注过《文选》的，也撰过一部《汉书辨惑》；《文选》与《汉书》在李善眼里，恐怕真是同样性质、具有同样功用的物件，都是给文学家供驱使的材料。他这态度可以代表那整个时代。这种现象在修史上也不是例外。只把姚思廉除开，当时修史的人们谁不是借作史书的机会来叫卖他们的文藻——尤其是《晋书》的著者！至于音韵学与文学的姻缘，更是显著，不用多讲了。

当时的著述物中，还有一个可以称为第三种性质的东西，那便是类书，它既不全是文学，又不全是学术，而是介乎二者之间的一种东西，或是说兼有二者的混合体。这种畸形的产物，最足以代表唐初的那种太像文学的学术，和太像学术的文学了。所以我们若要明白唐初五十年的文学，最好的方法也是拿文学和类书排在一起打量。

现存的类书，如《北堂书钞》和《艺文类聚》，在当时所制造的这类出品中，只占极小部分。此外，太宗时编的，还有一千卷的《文思博要》，后来从龙朔到开元，中间又有官修的《累璧》六百三十卷、《瑶山玉彩》五百卷、《三教珠英》一千三百卷（《增广皇览》及《文思博要》）、《芳树要览》三百卷、《事类》一百三十卷、《初学记》三十卷、《文府》二十卷、私撰的《碧玉芳林》四百五十卷、《玉藻琼林》一百卷、《笔海》十卷。这里除《初学记》之外，如今都不存在。内中是否有分类的总集，像《文馆词林》似的，我们不知道，但是《文馆词林》的性质，离《北堂书钞》虽较远，离《艺文类聚》却接近些了。欧阳询在《艺文类聚·序》里说是嫌“《流别》《文选》，专取其文，《皇览》《遍略》，直书其事”的办法不妥，他们（《艺文类聚》的编者不止他一人）才采取了“事居其前，文列于后”的体例。这可见《艺文类聚》是兼有总集（《流别》《文选》）与类书（《皇览》《遍略》）的性质，也可见他们看待总集与看待类书的态度差不多。《文馆词林》是和《流别》《文选》一类的书，在他们眼里，当然也和《皇览》《遍略》差不多了。再退一步讲，《文馆词林》的性质与《艺文类聚》一半相同，后者既是类书，前者起码也有一半类书的资格。

上面所举的书名，不过是就新旧《唐书》和《唐会要》等书中随便摘下来的，也许还有遗漏。但只看这里所列的，已足令人惊诧了。特别是官修的占大多数，真令人不解。如果它们是《通典》一类的，或《大英百科全书》一类的性质，也许我们还会嫌它们的数量太小。但它们不过是《兔园册子》的后身，充其量也不过是规模较大品质较高的《兔园册子》。一个国家的政府从百忙中抽调出许多第一流人才来编了那许多的“兔园册子”（太宗时，房玄龄、魏徵、岑文本、许敬宗等都参与过这种工作），这用现代人的眼光看来，岂不滑稽？不，这正是唐太宗提倡文学的方法，而他所谓的文学，用这样的方法提倡，也是很对的。沉思翰藻谓之文的主张，由来已久，加之六朝以来有文学嗜好的帝王特别多，文学要求其与帝王们的身份相称，自然觉得沉思翰藻的主义最适合他们的条件了。文学由太宗来提倡，更不能不出于这一途。本来这种专在辞藻的量上逞能的作风，需用学力比需用性灵的机会多，这实在已经是文学的实际化了。

南朝的文学既已经在实际化的过程中，隋统一后，又和北方的极端实际的学术正面接触了，于是依照“水流湿，火就燥”的物理的原则，已经实际化了的文学便不能不愈加实际化，以至到了唐初，再经太宗的怂恿，便终于被学术同化了。

文学被学术同化的结果，可分三方面来说。一方面是章句的研究，可以李善为代表，另一方面是类书的编纂，可以号称博学的《兔园册子》与《北堂书钞》的编者虞世南为代表。第三方面便是文学本身的堆砌性，这方面很难推出一个代表来，因为当时一般文学者的体干似乎是一样高矮，挑不出一个特别魁梧的例子来。没有办法，我们只好举唐太宗。并不是说太宗堆砌的成绩比别人精，或是他堆砌得比别人更甚，不过以一个帝王的地位，他的影响定不是一般人所能比的，而且他也曾经很明白地为这种文体张目过（这证据我们不久就要提出）。我们现在且把章句的研究、类书的纂辑与夫文学本身的堆砌性三方面的关系谈一谈。

李善绰号“书簏”，因为，据史书说，他是一个“淹贯古今，不能属辞”的人。史书又说他始初注《文选》，“释事而忘意”，经他儿子李邕补益一次，才做到“附事以见义”的地步。李善这种只顾“事”不顾“意”的态度，其实是与类书家一样的。章句家是书簏，类书家也是书簏，章句家是“释事而忘意”，类书家便是“采事而忘意”了。我这种说法并不苛刻。只消举出《群书治要》来和《北堂书钞》或《艺文类聚》比一比，你便明白。同是钞书，同是一个时代的产物，但拿来和《治要》的“主意”的质素一比，《书钞》《类聚》“主事”的质素便显着格外分明了。章句家与类书家的态度，根本相同，创作家又何尝两样？假如选出五种书，把它们排成下面这样的次第：《文选注》《北堂书钞》《艺文类聚》《初学记》，初唐某家的诗集，我们便看出一首初唐诗在构成程序中的几个阶段。劈头是“书簏”，收尾是一首唐初五十年间的诗，中间是从较散漫、较零星的“事”，逐渐地整齐化与分化。五种书同是“事”（文家称为辞藻）的征集与排比，同是一种机械的工作，其间只有工作精粗的程度差别，没有性质的悬殊。这里《初学记》虽是开元间的产物，但实足以代表较早的一个时期的态度。在我们讨论的范围内，这部书的体裁看来最有趣。每一项题目下，最初是“叙事”，其次“事对”，最后便是成篇的诗赋或文。其实这三项中减去“事对”，就等于《艺文类聚》，再减去诗赋文，便等于《北堂书钞》。所以我们由《书钞》看到《初学记》，便看出了一部类书的进化史，而在这类书的进化中，一首初唐诗的构成程序也就完全暴露出来了。你想，一首诗做到有了“事对”的程度，岂不是已经成功了一半吗？余剩的工作，无非是将“事对”装潢成五个字一幅的更完整的对联，拼上韵脚，再安上一头一尾罢了。（五言律是当时最风行的体裁，但这里，我没有把调平仄算进去，因为当时的诗，平仄多半是不调的。）这样看来，若说唐初五十年间的类书是较粗糙的诗，他们的诗是较精密的类书，许不算强词夺理吧？

《旧唐书·文苑传》里所收的作家，虽有着不少的诗人，但除了崔信明的一句“枫落吴江冷”是类书的范围所容纳不下的，其余作家的产品不干脆就是变相的书类吗？唐太宗之不如隋炀帝，不仅在没有作过一篇《饮马长城窟行》而已，便拿那“南化”了的隋炀帝，和“南化”了的唐太宗打比，像前者的“暮江平不动，春花满正开。流波将月去，潮水带星来”，甚至“鸟击初移树，鱼寒不隐苔”[1]，又何尝是后者有过的？不但如此，据说

---

①《隋遗录》所载炀帝诸诗皆明秀可诵，然系唐人伪托。《铁围山从话》引佚句“寒鸦飞数点，流水绕孤村”，亦伪。作者原注。

炀帝为妒嫉“空梁落燕泥”和“庭草无人随意绿”两句诗，曾经谋害过两条性命。“枫落吴江冷”比起前面那两只名句如何？不知道崔信明之所以能保天年，是因为太宗的度量比炀帝大呢，还是他的眼力比炀帝低。这不是说笑话。假如我们能回答这问题，那么太宗统治下的诗作的品质之高低，便可以判定了。归真地讲，崔信明这人，恐怕太宗根本就不知道，所以他并没有留给我们那样测验他的度量或眼力的机会。但这更足以证明太宗对于好诗的认识力很差。假如他是有眼力的话，恐怕当日撑持诗坛的台面的，是崔信明、王绩，甚至王梵志，而不是虞世南、李百药一流人了。

讲到这里，我们许要想到前面所引时人批评李善“释事而忘意”，和我批评类书家“采事而忘意”两句话。现在我若给那些作家也加上一句“用事而忘意”的按语，我想读者们必不以为过分。拿虞世南、李百药来和崔信明、王绩、王梵志比，不简直是“事”与“意”的比照吗？我们因此想到魏徵的《述怀》，颇被人认作这时期中的一首了不得的诗，《述怀》在唐代开国时的诗中所占的地位，据说有如魏徵本人在那时期政治上的地位一般优越。这意见未免有点可笑，而替唐诗设想，居然留下生这意见的余地，也就太可怜了。平心说，《述怀》是一首平庸的诗，只因这作者不像一般的作者，他还不曾忘记那“诗言志”的古训，所以结果虽平庸而仍不失为“诗”。选家们搜出魏徵来代表初唐诗，足见那一个时代的贫乏。太宗和虞世南、李百药，以及当时成群的词臣，作了几十年的诗，到头还要靠这诗坛的局外人魏徵，来维持一点较清醒的诗的意识，这简直是他们的耻辱！

不怕太宗和他率领下的人们为诗干得多热闹，究竟他们所热闹的，与其说是诗，毋宁说是学术。关于修辞立诚四个字，即算他们做到了修辞（但这仍然是疑问），那立诚的观念，在他们的诗里可说整个不存在。唐初人的诗，离诗的真谛是这样远，所以，我若说唐初是个大规模征集辞藻的时期，我所谓征集辞藻者，实在不但指类书的纂辑，连诗的制造也是应属于那个范围里的。

上述的情形，太宗当然要负大部分的责任。我们曾经说到太宗为堆砌式的文体张目过，不错，看他亲撰的《晋书·陆机传论》便知道。

> 观夫陆机、陆云，实荆衡之杞梓，挺珪璋于秀实，驰英华于早年。风鉴澄爽，神情俊迈；文

> 藻宏丽，独步当时；言论慷慨，冠乎终古。高词迥映，如朗月之悬光；叠意回舒，若重岩之积秀。千条析理，则电坼霜开；一绪连文，则珠流璧合。其词则深而雅，其义则博而显。故足远超枚、马，高蹑王、刘，百代文宗，一人而已。

因为他崇拜的陆机，是“文藻宏丽”，与夫“叠意回舒，若重岩之积秀”“一绪连文，则珠流璧合”的陆机，所以太宗于他的群臣中就最钦佩虞世南。褚亮在《十八学士赞》中，是这样赞虞世南的：

> 笃行扬声，雕文绝世；网罗百家，并包六艺。

两《唐书·虞世南传》都说，他与兄世基同入长安，时人比作晋之二陆，《新》传又品评这两弟兄说：

> 世基辞章清劲过世南，而赡博不及也。

这样的虞世南，难怪太宗要认为是“与我犹一体”，并且在世南死后，还有“钟子期死，伯牙不复鼓琴”之叹。

这虞世南，我们要记住，便是《兔园册子》和《北堂书钞》的著者。这一点极其重要。这不啻明白地告诉我们，太宗所鼓励的诗，是“类书家”的诗，也便是“类书式”的诗。总之，太宗毕竟是一个重实际的事业中人；诗的真谛，他并没有，恐怕也不能参透。他对于诗的了解，毕竟是个实际的人的了解。他所追求的只是文藻，是浮华，不，是一种文辞上的浮肿，也就是文学的一种皮肤病。这种病症，到了上官仪的“六对”“八对”，便严重到极点，几乎有危害到诗的生命的可能，于是因察觉了险象而愤激的少年“四杰”，便不得不大声疾呼，抢上来施以针砭了。

宫体诗的自赎*

宫体诗就是宫廷的，或以宫廷为中心的艳情诗，它是个有历史性的名词，所以严格地讲，宫体诗又当指以梁简文帝为太子时的东宫及陈后主、隋炀帝、唐太宗等几个宫廷为中心的艳情诗。我们该记得从梁简文帝当太子到唐太宗晏驾中间一段时期，正是谢朓已死、陈子昂未生之间一段时期，其间没有出过一个第一流的诗人。那是一个以声律的发明与批评的勃兴为人所推重，但论到诗的本身，则为人所诟病的时期。没有第一流诗人，甚至没有任何诗人，不是一桩罪过。那只是一个消极的缺憾。但这时期犯了一桩积极的罪。它不是一个空白，而是一个污点，就因为他们制造了些有如下面这样的宫

---

* 本文原载1941年《当代评论》第十期。

体诗：

> 长筵广未同，上客娇难逼。还杯了不顾，回身正颜色。（高爽《咏酌酒人》）
>
> 众中俱不笑，座上莫相撩。（邓鉴《奉和夜听妓声》）

这里所反映的上客们的态度，便代表他们那整个宫廷内外的气氛。人人眼角里是淫荡：

> 上客徒留目，不见正横陈。（鲍泉《敬酬刘长史咏名士悦倾城》）

人人心中怀着鬼胎：

> 春风别有意，密处也寻香。（李义府《堂词》）

对姬妾娼妓如此，对自己的结发妻亦然（刘孝威《郗县寓见人织率尔赠妇》便是一例）。于是发妻也就成了倡家。徐悱写得出《对房前桃树咏佳期赠内》那样一首诗，他的夫人刘令娴为什么不可以写一首《光宅寺》来赛过他？索性大家都揭开了：

知君亦荡子，贱妾自倡家。（吴均《鼓瑟曲有所思》）

因为也许她明白她自己的秘诀是什么。

自知心所爱，出入仕秦宫。谁言连屈尹，更是莫邀通？（简文帝《艳歌篇》十八韵）

简文帝对此并不诧异，说不定这对他，正是件称心的消息。堕落是没有止境的。从一种变态到另一种变态往往是个极短的距离，所以现在像简文帝《娈童》、吴均《咏少年》、刘孝绰《咏小儿采莲》、刘遵《繁华应令》，以及陆厥《中山王孺子妾歌》一类作品，也不足令人惊奇了。变态的又一类型是以物代人为求满足的对象。于是绣领、袙腹、履、枕、席、卧具……全有了生命，而成为被玷污者。推而广之，以至灯烛、玉阶、梁尘，也莫不踊跃地助他们集中意念到那个荒唐的焦点，不用说，有机生物如花草莺蝶等更都是可人的同情者。

> 罗荐已擘鸳鸯被，绮衣复有葡萄带。残红艳粉映帘中，戏蝶流莺聚窗外。（上官仪《八咏应制》）

看看以上的情形，我们真要疑心，那是作诗，还是在一种伪装下的无耻中求满足。在那种情形之下，你怎能希望有好诗！所以常常是那套褪色的陈词滥调，诗的本身并不能比题目给人以更深的印象。实在有时他们真不像是在作诗，而只是制题。这都是惨淡经营的结果：《咏人聘妾仍逐琴心》（伏知道），《为寒床妇赠夫》（王胄）。特别是后一例，尽有"闺情""秋思""寄远"一类的题面可用，然而作者偏要标出这样几个字来，不知是何居心。如果初期作者常用的"古意""拟古"一类暧昧的题面，是一种遮羞的手法，那么现在这些人是根本没有羞耻了！这由意识到文词，由文词到标题，逐步地鲜明化，是否可算作一种文字的裎裸狂，我不知道，反正赞叹事实的"诗"变成了标明事类的"题"之附庸，这趋势去《游仙窟》一流作品，以记事文为主，以诗副之的形式，已很近了。形式很近，内容又何尝远？《游仙窟》正是宫体诗必然的下场。

我还得补充一下宫体诗在它那中途丢掉的一个自新的机会。这专以在昏淫的沉迷中作践文字为务的宫体诗，本是衰老的、贫血的南朝宫廷生活的产物，只有北方那些新兴民族的热与力才能拯救它。因此我们不能不庆幸庾信等之入周与被留，因为只有这样，宫体诗才能更稳固地移植在北方，而得到它所需要的营养。果然被留后的庾信的《乌夜啼》《春别诗》等篇，比从前在老家作的同类作品，气色强多了。移植后的第二三代本应不成问题，谁知那些北人骨子里和南人一样，也是脆弱的，禁不起南方那美丽的毒素的引诱，他们马上又屈服了。除薛道衡《昔昔盐》《人日思归》、隋炀帝《春江花月夜》三两首诗外，他们没有表现过一点抵抗力。炀帝晚年可算热忱地效忠于南方文化了，文艺的唐太宗，出人意料之外，比炀帝还要热忱。于是庾信的北渡完全白费了。宫体诗在唐初，依然是简文帝时那没筋骨、没心肝的宫体诗，不同的只是现在词藻来得更细致，声调更流利，整个的外表显得更乖巧、更酥软罢了。说唐初宫体诗的内容和简文时完全一样，也不对。因为除了搬出那僵尸“横陈”二字外，他们在诗里也并没有讲出什么。这又教人疑心这辈子人已失去了积极犯罪的心情。恐怕只是辞藻和声调的试验给他们羁縻着一点作这种诗的兴趣（辞藻声调与宫体有着先天与历史的联系）。宫体诗在当时可说是一种不自主的、虚伪的存在。原来从虞世南到上官仪是连堕落的诚意都没有了。此真所谓“萎靡不振”！

但是堕落毕竟到了尽头，转机也来了。

在窒息的阴霾中，四面是细弱的虫吟，虚空而疲倦，忽然一声霹雳，接着的是狂风暴雨！虫吟听不见了，这样便是卢照邻《长安古意》的出现。这首诗在当时的成功不是偶然的。放开了粗豪而圆润的嗓子，他这样开始：

> 长安大道连狭斜，青牛白马七香车。玉辇纵横过主第，金鞭络绎向侯家！龙衔宝盖承朝日，凤吐流苏带晚霞。百丈游丝争绕树，一群娇鸟共啼花。……

这生龙活虎般腾踔的节奏，首先已够教人们如大梦初醒而心花怒放了。然后如云的车骑，载着长安中各色人物panorama（全景）式地一幕幕出现，通过“五剧三条”的“弱柳青槐”来“共宿娼家桃李蹊”。诚然这不是一场美丽的热闹。但这癫狂中有战栗，堕落中有灵性：

> 得成比目何辞死，愿作鸳鸯不羡仙。

比起以前那光是病态的无耻：

> 相看气息望君怜，谁能含羞不肯前！（简文帝《乌栖曲》）

如今这是什么气魄！对于时人那虚弱的感情，这真有起死回生的力量。最后，

> 节物风光不相待，桑田碧海须臾改。昔时金阶白玉堂，即今唯见青松在！

似有“劝百讽一”之嫌。对了，讽刺，宫体诗中讲讽刺，多么生疏的一个消息！我几乎要问《长安古意》究竟能

否算宫体诗。从前我们所知道的宫体诗，自萧氏君臣以下都是作者自身下流意识的口供，那些作者只在诗里。这回卢照邻却是在诗里，又在诗外，因此他能让人人以一个清醒的旁观的自我，来给另一自我一声警告。这两种态度相差多远！

寂寂寥寥杨子居，年年岁岁一床书。独有南山桂花发，飞来飞去袭人裾。

这篇末四句有点突兀，在诗的结构上既嫌蛇足，而且这样说话，也不免暴露了自己态度的褊狭，因而在本篇里似乎有些反作用之嫌。可是对于人性的清醒方面，这四句究不失为一个保障与安慰。一点点艺术的失败，并不妨碍《长安古意》在思想上的成功。他是宫体诗中一个破天荒的大转变，一手挽住衰老了的颓废，教给他如何回到健全的欲望，一手又指给他欲望的幻灭。这诗中善与恶都是积极的，所以二者似相反而相成。我敢说《长安古意》的恶的方面比善的方面还有用。不要问卢照邻如何成功，只看庾信是如何失败的。欲望本身不是什么坏东西。如果它走入了歧途，只有疏导一法可以挽救，壅塞是无效的。庾信对于宫体诗的态度，是一味地矫正，他仿佛是要以非宫体代宫体。反之，卢照邻只要以更有力的宫体诗救宫体诗，他所争的是有力没有力，不是宫体不宫体。甚至你说他的方法是以毒攻毒也行，反正他是胜利了。有效的方法不就是对的方法吗？

矛盾就是人性，诗人作诗本不必对自己的行为负责。原来《长安古意》的“年年岁岁一床书”，只是一句诗而已。即令作诗时事实如此，大概不久以后，情形就完全变了，骆宾王的《艳情代郭氏答卢照邻》便是铁证。故事是这样的：照邻在蜀中有一个情妇郭氏，正当她有孕时，照邻因事要回洛阳去，临行相约不久回来正式成婚。谁知他一去两年不返，而且在三川有了新人。这时她望他的音信既望不到，孩子也丢了。“悲鸣五里无人问，肠断三声谁为续！”除了骆宾王给寄首诗去替她申一回冤，这悲剧又能有什么更适合的收场呢？一个生成哀艳的传奇故事，可惜骆宾王没赶上蒋防、李公佐的时代。我的意思是：故事最适宜于小说，而作者手头却只有一个诗的形式可供采用。这试验也未尝不可作，然而他偏偏又忘记了《孔雀东南飞》的典型。凭一支作判词的笔锋（这是他的当行），他只草就了一封韵语的书札而已。然而是试验，就值得钦佩。骆宾王的失败，不比李百药的成功有价值吗？他至少也替《秦妇吟》垫过路。

这以“一抔之土未干，六尺之孤何托”，教历史上第一位英威的女性破胆的文士，天生一副侠骨，专喜欢管闲事、打抱不平、杀人报仇、革命、帮痴心女子打负心汉，都是他干的。《代女道士王灵妃赠道士李荣》里没讲出具体的故事来，但我们猜得到一半，还不是卢郭公案那一类的纠葛？李荣是个有才名的道士（见《旧唐书·儒学·罗道琮传》，卢照邻也有过诗给他）。故事还是发生在蜀中，李荣往长安去了，也是许久不回来，王灵妃急了，又该骆宾王给去信促驾了。不过这回的信却写得比较像首诗。其所以然，倒不在“梅花如雪柳如丝，年去年来不自持。初言别在寒偏在，何悟春来春更思”一类响亮句子，而是那一气到底而又缠绵往复的旋律之中，有着欣欣向荣的情绪。《代女道士王灵妃赠道士李荣》的成功，仅次于《长安古意》。

和卢照邻一样，骆宾王的成功，有不少成分是仗着他那篇幅的。上文所举过的二人的作品，都是宫体诗中的云冈造像，而宾王尤其好大成癖（这可以他那以赋为诗的《帝京篇》《畴昔篇》为证）。从五言四句的《自君之出矣》，扩充到卢、骆二人洋洋洒洒的巨篇，这也是宫体诗的一个剧变。仅仅篇幅大，没有什么，要紧的是背面有厚积的力量撑持着。这力量，前人谓之“气势”，其实就是感情。有真实感情，所以卢、骆的来到，能使人们麻痹了百余年的心灵复活。有感情，所以卢、骆的作品，正如杜甫所预言的，“不废江河万古流”。

从来没有暴风雨能够持久的。果然持久了，我们也吃不消，所以我们要它适可而止。因为，它究竟只是一个手段，打破郁闷烦躁的手段；也只是一个过程，达到雨过天青的过程。手段的作用是有时效的，过程的时间也不宜太长，所以在宫体诗的园地上，我们很侥幸地碰见了卢、骆，可也很愿意能早点离开他们——为的是好和刘希夷会面。

> 古来容光人所羡，况复今日遥相见？愿作轻罗著细腰，愿为明镜分娇面。（《公子行》）

这不是什么十分华贵的修辞，在刘希夷也不算最高的造诣。但在宫体诗里，我们还没听见过这类的痴情话。我们也知道他的来源是《同声诗》和《闲情赋》，但我们要记得，这类越过齐梁，直向汉晋人借贷灵感，在将近百年以来的宫体诗里也很少人干过呢！

与君相向转相亲，与君双栖共一身。愿作贞松千岁古，谁论芳槿一朝新！百年同谢西山日，千秋万古北邙尘。（《公子行》）

这连同它的前身——杨方《合欢》诗，也不过是常态的、健康的爱情中，极平凡、极自然的思念，谁知道在宫体诗中也成为了不得的稀世的珍宝。回返常态确乎是刘希夷的一个主要特质，孙翌编《正声集》时把刘希夷列在卷首，便已看出这一点来了。看他即便哀艳到如：

自怜妖艳姿，妆成独见时。愁心伴杨柳，春尽乱如丝。（《春女行》）

携笼长叹息，逶迤恋春色。看花若有情，倚树疑无力。薄暮思悠悠，使君南陌头。相逢不相识，归去梦青楼。（《采桑》）

也从没有不归于正的时候。感情返到正常状态是宫体诗的又一重大阶段。唯其如此，所以烦躁与紧张都消失了，只剩下一片晶莹的宁静。就在此刻，恋人才变成诗人，憬悟到万象的和谐，与那一水一石一草一木的神秘的不可抵抗的美，而不禁受创似的哀叫出来：

> 可怜杨柳伤心树！可怜桃李断肠花！（《公子行》）

但正当他们叫着“伤心树”“断肠花”时，他已从美的暂促性中认识了那玄学家所谓的“永恒”——一个最缥缈，又最实在，令人惊喜，又令人震怖的存在，在它面前一切都变渺小了，一切都没有了。自然认识了那无上的智慧，就在那彻悟的一刹那间，恋人也就是变成哲人了。

> 洛阳城东桃李花，飞来飞去落谁家？洛阳女儿好颜色，坐见落花长叹息：——今年花落颜色改，明年花开复谁在！……古人无复洛城东，今人还对落花风。年年岁岁花相似，岁岁年年人不同。（《代悲白头翁》）

相传刘希夷吟到“今年花落……”二句时，吃一惊，吟到“年年岁岁……”二句，又吃一惊。后来诗被宋之问看到，硬要让给他，诗人不肯，就生生地被宋之问用土囊压死了。于是诗谶就算验了。编故事的人的意思，自然是说，刘希夷泄露了天机，论理该遭天谴。这是中国式的文艺批评，隽永而正确，我们在千载之下，不能，也不必改动它半点，不过我们可以用现代语替它诠释一遍，所谓泄露天机者，便是悟到宇宙意识之谓。从蜣螂转丸式的宫体诗一跃而到庄严的宇宙意识，这可太远了，太惊人了！这时的刘希夷实已跨近了张若虚半步，而离绝顶不远了。

如果刘希夷是卢、骆的狂风暴雨后宁静爽朗的黄昏，张若虚便是风雨后更宁静更爽朗的月夜。《春江花月夜》本用不着介绍，但我们还是忍不住要谈谈。就宫体诗发展的观点看，这首诗，尤有大谈的必要。

> 春江潮水连海平，海上明月共潮生。滟滟随波千万里，何处春江无月明！江流宛转绕芳甸，月照花林皆似霰。空里流霜不觉飞，汀上白沙看不见。

在这种诗面前，一切的赞叹是饶舌，几乎是渎亵。它超过了一切的宫体诗有多少路程的距离，读者们自己也知道。我认为用得着一点诠明的倒是下面这几句：

> ……江畔何人初见月？江月何年初照人？人生代代无穷已，江月年年只相似。不知江月待何人，但见长江送流水！

更迥绝的宇宙意识！一个更深沉、更寥廓、更宁静的境界！在神奇的永恒前面，作者只有错愕，没有憧憬，没有悲伤。从前卢照邻指点出“昔时金阶白玉堂，即今唯见青松在”时，或另一个初唐诗人——寒山子更尖酸地吟着“未必长如此，芙蓉不耐寒”时，那都是站在本体旁边凌视现实。那态度我以为太冷酷、太傲慢，或者如果你愿意，也可以带点狐假虎威的神气。在相反的方向，刘希夷又一味凝视着“以有涯随无涯”的徒劳，而徒劳地为它哀毁着，那又未免太萎靡、太怯懦了。只张若虚这态度不亢不卑、冲融和易才是最纯正的，“有限”与“无限”，“有情”与“无情”——诗人与“永恒”猝然相遇，一见如故，于是谈开了——“江畔何人初见月？江月何年初照人？……江月年年只相似，不知江月待何人……”对每一问题，他得到的仿佛是一个更神秘的更渊默的微笑，他更迷惘了，然而也满足了。于是他又把自己的秘密倾吐给那缄默的对方：

白云一片去悠悠，青枫浦上不胜愁。

因为他想到她了，那“妆镜台”边的“离人”。他分明听见她的叹喟：

此时相望不相闻，愿逐月华流照君！

他说自己很懊悔，这飘荡的生涯究竟到几时为止。

昨夜闲潭梦落花，可怜春半不还家。江水流春去欲尽，江潭落月复西斜！

他在怅惘中，忽然记起飘荡的许不止他一人，对此情景，大概旁人，也只得徒唤奈何吧。

斜月沉沉藏海雾，碣石潇湘无限路。不知乘月几人归，落月摇情满江树！

这里一番神秘而又亲切的、如梦境的晤谈，有的是强烈的宇宙意识，被宇宙意识升华过的纯洁的爱情，又由爱情辐射出来的同情心，这是诗中的诗，顶峰上的顶峰。从这边回头一望，连刘希夷都是过程了，不用说卢照邻和他的配角骆宾王，更是过程的过程。至于那一百年间梁、陈、隋、唐四代宫廷所遗下了那份最黑暗的罪孽，有了《春江花月夜》这样一首宫体诗，不也就洗净了吗？向前替宫体诗赎清了百年的罪，因此，向后也就和另一个顶峰陈子昂分工合作，清除了盛唐的路——张若虚的功绩是无从估计的。

卅年八月二十二日陈家营

四　杰*

继承北朝系统而立国的唐朝的最初五十年，本是一个尚质的时期，王、杨、卢、骆都是文章家，“四杰”这徽号，如果不是专为评文而设的，至少它的主要意义是指他们的赋和四六文。谈诗而称四杰，虽是很早的事，究竟只能算借用。是借用，就难免有“削足适履”和“挂一漏万”的毛病了。

按通常的了解，诗中的四杰是唐诗开创期中负起了时代使命的四位作家，他们都年少而才高，官小而名大，行为都相当浪漫，遭遇尤其悲惨（四人中三人死于非命）——因为行为浪漫，所以受尽了人间的唾骂，因为遭遇悲惨，所以也赢得了不少的同情。依这样一个概括，

* 本文原载《世界学生》第二卷第七期。

简明，也就是肤廓的了解，“四杰”这徽号是满可以适用的，但这也就是它的适用性的最大限度。超过了这限度，假如我们还问到：这四人集团中每个单元的个别情形和相互关系，尤其他们在唐诗发展的路线网里，究竟代表着那一条，或数条线，和这线在网的整个体系中所担负的任务——假如问到这些方面，“四杰”这徽号的功用与适合性，马上就成问题了。因为诗中的四杰，并非一个单纯的、统一的宗派，而是一个大宗中包孕着两个小宗，而两小宗之间，同点恐怕还不如异点多，因之，在讨论问题时，“四杰”这名词所能给我们的方便，恐怕也不如纠葛多。数字是个很方便的东西，也是个很麻烦的东西。既在某一观点下凑成了一个数目，就不能由你在另一观点下随便拆开它。不能拆开，又不能废弃它，所以就麻烦了。“四杰”这徽号，我们不能，也不想废弃，可是我承认我是抱着“息事宁人”的苦衷来接受它的。

四杰无论在人的方面，或诗的方面，都天然形成两组或两派。先从人的方面讲起。

将四人的姓氏排成“王杨卢骆”这特定的顺序，据说寓有品第文章的意义，这是我们熟知的事实。但除这人为的顺序外，好像还有一个自然的顺序，也常被人采用——那便是序齿的顺序。我们疑心张说《裴公神道碑》“在选曹见骆宾王、卢照邻、王勃、杨炯”，和郗云卿《骆丞集序》“与卢照邻、王勃、杨炯文词齐名”，乃至杜诗“纵使卢王操翰墨”等语中的顺序，都属于这一类。严格的序齿应该是卢、骆、王、杨，其间卢、骆一组，王、杨一组，前者比后者平均大了十岁的光景。然则卢、骆的顺序，在上揭张郗二文里为什么都颠倒了呢？郗序是为了行文的方便，不用讲。张碑，我想是为了心理的缘故，因为骆与裴（行俭）交情特别深，为裴作碑，自然首先想起骆来。也许骆赴选曹本在先，所以裴也先见到他。果然如此，则先骆后卢，是采用了另一事实作标准。但无论依哪个标准说，要紧的还是在张、郗两文里，前二人（骆、卢）与后二人（王、杨）之间的一道鸿沟（即平均十岁左右的差别）依然存在，所以即使张碑完全用的另一事实——赴选的先后作为标准，我们依然可以说，王、杨赴选在卢、骆之后，也正说明了他们年龄小了许多。实在，卢、骆与王、杨简直可算作两辈子人。据《唐会要》卷八二，“显庆二年，诏征太白山人孙思邈入京，卢照邻、宋令文、孟诜皆执师贽之礼”。令文是宋之问的父亲，而之问是杨炯同僚的好友。卢与之问的父亲同辈，而杨与之问本人同辈，那么卢与杨岂不是不能同辈了吗？明白了这一层，杨炯所谓“愧在卢前，耻居王后”，便有了确解。杨年纪比卢小得多，名字反在卢前，有愧不敢当之感，所以说“愧在卢前”，反之，他与王多分是同年，名字在王后，说“耻居王后”，正是不甘心的意思。

比年龄的距离更重要的一点，便是性格的差异。在性格上四杰也天然形成两种类型，卢、骆一类，王、杨一类。诚然，四人都是历史上著名的“浮躁浅露”不能“致远”的殷鉴，每人“丑行”的事例，都被谨慎地保存在史乘里了，这里也毋庸赘述。但所谓“浮躁浅露”者，也有程度深浅的不同。杨炯，相传据裴行俭说，比较“沉静”。其实王勃，除擅杀官奴那不幸事件外（杀奴在当时社会上并非一件太不平常的事），也不能算过分的“浮躁”。一个人在短短二十八年的生命里，已经完成了这样多方面的一大堆著述：

《舟中纂序》五卷，《周易发挥》五卷，《次论语》十卷，《汉书指瑕》十卷，《大唐千岁历》若干卷，《黄帝八十一难经注》若干卷，《合论》十卷，《续文中子书序诗序》若干篇，《玄经传》

若干卷，《文集》三十卷。

能够浮躁到哪里去呢？同王勃一样，杨炯也是文人而兼有学者倾向的，这满可以从他的《天文大象赋》和《驳孙茂道苏知几冕服议》中看出。由此看来，王、杨的性格确乎相近。相应的，卢、骆也同属于另一类型，一种在某项观点下真可目为“浮躁”的类型。久历边塞而屡次下狱的博徒革命家骆宾王不用讲了，看《穷鱼赋》和《狱中学骚体》，卢照邻也不像是一个安分的分子。骆宾王在《艳情代郭氏答卢照邻》里，便控告过他的薄幸。然而按骆宾王自己的口供，“但使封侯龙额贵，讵随中妇凤楼寒？”他原也是在英雄气概的烟幕下实行薄幸而已。看《忆蜀地佳人》一类诗，他并没有少给自己制造薄幸的机会。在这类事上，卢、骆恐怕还是一丘之貉。最后，卢照邻那悲剧型的自杀，和骆宾王的慷慨就义，不也还是一样？同是用不平凡的方式自动地结束了不平凡的一生，只是一悱恻、一悲壮，各有各的姿态罢了。

这几乎是不可避免的发展；由年龄的两辈，和性格的两类型，到友谊的两个集团。果然，卢、骆二人交情，可凭骆的《艳情代郭氏答卢照邻》诗来坐实，而王、杨的契合，则有王的《秋日饯别序》和杨的《王勃集序》可证。反之，卢或骆与王或杨之间，就看不出这样紧凑的关系来。就现存各家集中所可考见的说，卢、王有两首同题分韵的诗，卢、杨有一首同题同韵的诗，可见他们两辈人确乎在文酒之会中常常见面。可是太深的交情，恐怕谈不到。他们绝少在作品里互相提到彼此的名字，有之，只杨在《王勃集序》中说到一次“薛令公朝右文宗，托末契而推一变；卢照邻人间才杰，览清规而辍九攻”，这反足以证明卢骆与王杨属于两个壁垒，虽则是两个对立而仍不失为友军的壁垒。

于是，我们便可谈到他们——卢、骆与王、杨——另一方面的不同了。年龄的不同辈，性格的不同类型，友谊的不同集团，和作风的不同派，这些不也正是一贯的现象吗？其实，不待知道“人”方面的不同，我们早就应该发觉“诗”方面的不同了。假如不受传统名词的蒙蔽，我们早就该惊讶，为什么还非维持这“四”字不可，而不仿“前七子”“后七子”的例，称卢、骆为“前二杰”，王、杨为“后二杰”？难道那许多迹象，还不足以证明他们两派的不同吗？

首先，卢、骆擅长七言歌行，王、杨专工五律，这是两派选择形式的不同。当然卢、骆也作五律，甚至大部分篇什还是五律，而王、杨一派中至少王勃也有些歌行流传下来，但他们的长处绝不在这些方面。像卢集中的

风摇十洲影，日乱九江文。(《赠李荣道士》)

川光摇水箭，山气上云梯。(《山庄休沐》)

和骆集中这样的发端

故人无与晤，安步陟山椒……(《冬日野望》)

在那贫乏的时代，何尝不是些夺目的珍宝？无奈这些有句无章的篇什，除声调的成功外，还是没有超过齐梁的水准。骆比较有些“完璧”，如《在狱咏蝉》之类，可是又略无警策。同样，王的歌行，除《滕王阁歌》外，也毫不足观。便说《滕王阁歌》，和他那典丽凝重与凄情流动的五律比起来，又算得了什么呢！

杜甫《戏为六绝句》第三首说：“纵使卢王操翰墨，劣于汉魏近《风》《骚》。”这里是以卢代表卢、骆，王代表王、杨，大概不成问题。至于“劣于汉魏近《风》《骚》”，

假如可以解作王、杨“劣于汉魏”，卢、骆“近《风》《骚》”，倒也有它的妙处，因为卢、骆那用赋的手法写成的粗线条的宫体诗，确乎是《风》《骚》的余响，而王、杨的五言，虽不及汉魏，却越过齐梁，直接上晋宋了。这未必是杜诗的原意，但我们不妨借它的启示来阐明一个真理。

卢、骆与王、杨选择形式不同，是由于他们两派的使命不同。卢、骆的歌行，是用铺张扬厉的赋法膨胀过了的乐府新曲，而乐府新曲又是宫体诗的一种新发展，所以卢、骆实际上是宫体诗的改造者。他们都曾经是两京和成都市中的轻薄子，他们的使命是以市井的放纵改造宫廷的堕落，以大胆代替羞怯，以自由代替局缩，所以他们的歌声需要大开大阖的节奏，他们必须以赋为诗。正如宫体诗在卢、骆手里是由宫廷走到市井，五律到王、杨的时代是从台阁移至江山与塞漠。台阁上只有仪式的应制，有“绨句绘章，揣合低卯”。到了江山与塞漠，才有低回与怅惘，严肃与激昂，例如王的《别薛升华》《送杜少府之任蜀州》和杨的《从军行》《紫骝马》一类的抒情诗。抒情的形式，本无须太长，五言八句似乎恰到好处。前乎王、杨，尤其应制的作品，五言长律用得还相当多。这是该注意的！五言八句的五律，到王、杨才正式成为定型，同时完整的真正唐音的抒情诗也是这时才出现的。

将卢、骆与王、杨对照着看，真是一个说不尽的话题。我在旁处曾说明过从卢、骆到刘（希夷）、张（若虚）是一贯的发展，现在还要点醒，王、杨与沈、宋也是一脉相承。李商隐早无意地道着了秘密：

沈宋裁辞矜变律，王杨落笔得良朋。当时自谓宗师妙，今日惟观属对能。(《漫成章》)

以沈、宋与王、杨并举，实在是最自然、最合理的看法。“律”之“变”，本来在王、杨手里已经完成了，而沈、宋也是“落笔得良朋”的妙手。并且我们已经提过，杨炯和宋之问是好朋友。如果我们再知道他们是好到如之问《祭杨盈川文》所说的那程度，我们便更能了然于王、杨与沈、宋所以是一脉相承之故。老实说，就奠定五律基础的观点看，王、杨与沈、宋未尝不可视为一个集团，因此也有资格承受“四杰”的徽号，而卢、骆与刘、张也同样有理由，在改良宫体诗的观点下，被称为另一组“四杰”。一定要墨守着先入为主的传统观点，只看见

“王、杨、卢、骆”之为四杰，而抹杀了一切其他的观点，那只是拘泥、顽冥、甘心上传统名词的当罢了。

将卢、骆与王、杨分别划归了刘、张与沈、宋两个集团后，再比较一下刘、张与沈、宋在唐诗中的地位，便也更能了解卢、骆与王、杨的地位了。五律无疑是唐诗最主要的形式，在那时人心目中，五律才是诗的正宗。沈、宋之被人推重，理由便在此。按时人安排的顺序，王、杨的名字列在卢、骆之上，也正因他们的贡献在五律，何况王、杨的五律是完全成熟了的五律，而卢、骆的歌行还不免于草率、粗俗的“轻薄为文”呢？论内在价值，当然王、杨比卢、骆高。然而，我们不要忘记卢、骆曾用以毒攻毒的手段，凭他们那新式宫体诗，一举摧毁了旧式的“江左余风”的宫体诗，因而给歌行芟除了芜秽，开出一条坦途来。若没有卢、骆，哪会有刘、张，哪会有《长恨歌》《琵琶行》《连昌宫词》和《秦妇吟》，甚至于李、杜、高、岑呢？看来，在文学史上，卢、骆的功绩并不亚于王、杨。后者是建设，前者是破坏，他们各有各的使命。负破坏使命的，本身就得牺牲，所以失败就是他们的成功。人们都以成败论事，我却愿向失败的英雄们多寄予点同情。

孟浩然*

（六八九—七四〇）

当年孙润夫家所藏王维画的孟浩然像，据《韵语阳秋》的作者葛立方说，是个很不高明的摹本，连所附的王维自己和陆羽、张洎等三篇题识，据他看，也是一手摹出的。葛氏的鉴定大概是对的，但他并没有否认那“俗工”所据的底本——即张洎亲眼见到的孟浩然像，确是工维的真迹。这幅画，据张洎的题识说：

虽轴尘缣古，尚可窥览。观右丞笔迹，穷极神妙。襄阳之状颀而长，峭而瘦，衣白袍，靴帽重戴，乘款段马——一童总角，提书笈负

---

* 本文原载《大国民报》。

琴而从——风仪落落，凛然如生。

这在今天，差不多不用证明，就可以相信是逼真的孟浩然。并不是说我们知道浩然多病，就可以断定他当瘦。实在经验告诉我们，什九人是当如其诗的。你在孟浩然诗中所意识到的诗人那身影，能不是“颀而长，峭而瘦”的吗？连那件白袍，恐怕都是天造地设，丝毫不可移动的成分。白袍靴帽固然是“布衣”孟浩然分内的装束，尤其是诗人孟浩然必然的扮相。编《孟浩然集》的王士源应是和浩然很熟的人，不错，他在序文里用来开始介绍这位诗人的“骨貌淑清，风神散朗”八字，与夫陶翰《送孟六入蜀序》所谓“精朗奇素”，无一不与画像的精神相合，也无一不与孟浩然的诗境一致。总之，诗如其人，或人就是诗，再没有比孟浩然更具体的例证了。

张祜曾有过“襄阳属浩然”之句，我们却要说：浩然也属于襄阳。也许正唯浩然是属于襄阳的，所以襄阳也属于他，大半辈子岁月在这里度过，大多数诗章是在这地方、因这地方、为这地方而写的。没有第二个襄阳人比孟浩然更忠于襄阳，更爱襄阳的。晚年漫游南北，看过多少名胜，到头还是：

山水观形胜，襄阳美会稽。

实在襄阳的人杰地灵，恐怕比它的山水形胜更值得人赞美。从汉阴丈人到庞德公，多少令人神往的风流人物，我们简直不能想象一部《襄阳耆旧传》，对于少年的孟浩然是何等深厚的一个影响。了解了这一层，我们才可以认识孟浩然的人，孟浩然的诗。

隐居本是那时代普遍的倾向，但在旁人仅仅是一个期望，至多也只是点暂时的调剂，或过期的赔偿，在孟浩然却是一个完完整整的事实。在构成这事实的复杂因素中，家乡的历史地理背景，我想，是很重要的一点。

在一个乱世，例如庞德公的时代，对于某种特别性格的人，入山采药，一去不返，本是唯一的出路。但生在“开元全盛日”的孟浩然，有那必要吗？然则为什么三番两次朋友伸过援引的手来，都被拒绝，甚至最后和本州采访使韩朝宗约好了一同入京，到头还是喝得酩酊大醉，让韩公等烦了，一赌气独自先走了呢？正如当时许多有隐士倾向的读书人，孟浩然原来是为隐居而隐居，为着一个浪漫的理想，为着对古人的一个神圣的默契而隐居。在他这回，无疑地那成立默契的对象便是庞德公。孟浩然当然不能为韩朝宗背弃庞公。鹿门山不许他，他自己家园所在，也就是“庞公栖隐处”的鹿门山，绝不许他那样做。

> 鹿门月照开烟树，忽到庞公栖隐处。岩扉松径长寂寥，惟有幽人自来去。

这幽人究竟是谁？庞公的精灵，还是诗人自己？恐怕那时他自己也分辨不出，因为心理上他早与那位先贤同体化了。历史的庞德公给了他启示，地理的鹿门山给了他方便，这两项重要条件具备了，隐居的事实便容易完成得多了。实在，鹿门山的家园早已使隐居成为既成事实，只要念头一转，承认自己是庞公的继承人，此身便俨然是《高士传》中的人物了。总之，是襄阳的历史地理环境促成孟浩然一生老于布衣的。孟浩然毕竟是襄阳的孟浩然。

我们似乎为奖励人性中的矛盾，以保证生活的丰富，几千年来一直让儒道两派思想维持着均势，于是读书人便永远在一种心灵的僵局中折磨自己，巢、由与伊、皋，江湖与魏阙，永远矛盾着，冲突着，于是生活便永远不谐调，而文艺也便永远不缺少题材。矛盾是常态，愈矛盾则愈常态。今天是伊、皋，明天是巢、由，后天又是伊、皋，这是行为的矛盾。当巢、由时向往着伊、皋，当了伊、皋，又不能忘怀于巢、由，这是行为与感情间的矛盾。在这双重矛盾的夹缠中打转，是当时一般的现象。反正用诗一发泄，任何矛盾都注销了。诗是唐人排解感情纠葛的特效剂，说不定他们正因有诗作保障，才敢于放心大胆地制造矛盾，因而那时代的矛盾人格才特别多。自然，反过来说，矛盾愈深愈多，诗的产量也愈大了。孟浩然一生没有功名，除在张九龄的荆州幕中当过一度清客外，也没有半个官职，自然不会发生第一项矛盾问题。但这似乎就是他的一贯性的最高限度。因为虽然身在江湖，他的心并没有完全忘记魏阙。下面不过是许多显明例证中之一：

> 欲济无舟楫，端居耻圣明。坐观垂钓者，徒有羡鱼情。

然而“羡鱼”毕竟是人情所难免的，能始终仅仅“临渊羡鱼”，而并不“退而结网”，实在已经是难得的一贯了。听李白这番热情的赞叹，便知道孟浩然超出他的时代多么远：

吾爱孟夫子，风流天下闻。红颜弃轩冕，白首卧松云。醉月频中圣，迷花不事君。高山安可仰，徒此挹清芬。

可是我们不要忘记矛盾与诗的因果关系，许多诗是为给生活的矛盾求统一、求调和而产生的。孟浩然既免除了一部分矛盾，对于他，诗的需要便当减少了。果然，他的诗是不多，量不多，质也不多。量不多，有他的同时人作见证，杜甫讲过的：“吾怜孟浩然……赋诗虽不多，往往凌鲍谢……”质不多，前人似乎也早已见到。苏轼曾经批评他“韵高而才短，如造内法酒手，而无材料”。这话诚如张戒在《岁寒堂诗话》里所承认的，是说尽了孟浩然，但也要看才字如何解释。才如果是指才情与才学二者而言，那就对了，如果专指才学，还算没有说尽。情当然比学重要得多。说一个人的诗缺少情的深度和厚度，等于说他的诗的质不够高。孟浩然诗中质高的有是有些，数量总是太少。“气蒸云梦泽，波撼岳阳城”式的和“微云淡河汉，疏雨滴梧桐”式的句子，在集中几乎都找不出第二个例子。论前者，质和量当然都不如杜甫，论后者，至少在量上不如王维。甚至“不材明主弃，多病故人疏”，质量都不如刘长卿和十才子。这些都不是真止的孟浩然。真孟浩然不是将诗紧紧地筑在一联或一句里，而是将它冲淡了，平均地分散在全篇中：

> 出谷未停午，到家日已曛。回瞻下山路，但见牛羊群。樵子暗相失，草虫寒不闻。衡门犹未掩，伫立望夫君。

甚至淡到令你疑心到底有诗没有：

> 垂钓坐盘石，水清心亦闲。鱼行潭树下，猿挂鸟藤间。游女昔解佩，传闻于此山。求之不可得，沿月棹歌还。

淡到看不见诗了，才是真正孟浩然的诗，不，说是孟浩然的诗，倒不如说是诗的孟浩然，更为准确。在许多旁人，诗是人的精华，在孟浩然，诗纵非人的糟粕，也是人的剩余。在最后这首诗里，孟浩然几曾作过诗？他只是谈话而已。甚至要紧的还不是那些话，而是谈话人的那副“风神散朗”的姿态。读到“求之不可得，沿月棹歌还”，我们得到一如张洎从画像所得到的印象，“风仪落落，凛然如生”。得到了像，便可以忘言，得到了“诗的孟浩然”便可以忘掉“孟浩然的诗”了。这是我们前面所提到的“诗如其人”或“人就是诗”的另一解释。

超过了诗也好，够不上诗也好，任凭你从环子的哪一点看起。反正除了孟浩然，古今并没有第二个诗人到过这境界。东坡说他没有才，东坡自己的毛病，就在才太多。

> 庄子笑曰：“周将处乎材与不材之间。材与不材之间，似之而非也，故未免乎累。”

谁能了解庄子的道理，就能了解孟浩然的诗，当然也得承认那点“累”。至于“似之而非”，而又能“免乎累”，那除陶渊明，还有谁呢？

贾　岛*

（七七九—八四三）

这像是元和长庆间诗坛动态中的三个较有力的新趋势。这边老年的孟郊，正哼着他那沙涩而带芒刺感的五古，恶毒地咒骂世道人心，夹在咒骂声中的，是卢仝、刘叉的“插科打诨”和韩愈的洪亮的嗓音，向佛、老挑衅。那边元稹、张籍、王建等，在白居易的改良社会的大纛下，用律动的乐府调子，对社会泣诉着他们那各阶层中病态的小悲剧。同时远远的，在古老的禅房或一个小县的廨署里，贾岛、姚合领着一群青年人作诗，为各人自己的出路，也为着癖好，作一种阴黯情调的五言律诗（阴黯由于癖好，五律为着出路）。

* 本文原载1941年《中央日报·文艺》第十八期。

老年、中年人忙着挽救人心，改良社会，青年人反不闻不问，只顾躲在幽静的角落里作诗，这现象现在看来不免新奇，其实正是旧中国传统社会制度下的正常状态。不像前两种人，或已“成名”，或已通籍，在权位上有说话做事的机会和责任，这般没功名、没宦籍的青年人，在地位上职业上可说尚在“未成年”时期，种种对国家社会的崇高责任是落不到他们肩上的。越俎代庖的行为是情势所不许的，所以恐怕谁也没想到那头上来。有抱负也好，没有也好，一个读书人生在那时代，总得作诗。作诗才有希望爬过第一层进身的阶梯。诗作到合乎某种程式，如其时运也凑巧，果然溷得一“第”，到那时，至少在理论上你才算在社会中“成年”了，才有说话做事的资格。否则万一你的诗作得不及或超过了程式的严限，或诗无问题而时运不济，那你只好作一辈子的诗，为责任作诗以自课，为情绪作诗以自遣。贾岛便是在这古怪制度之下被牺牲，也被玉成了的一个。在这种情形下，你若还怪他没有服膺孟郊到底，或加入白居易的集团，那你也可算不识时务了。

贾岛和他的徒众，为什么在别人忙着救世时，自己只顾作诗，我们已经明白了；但为什么单作五律呢？这也许得再说明一下。孟郊等为便于发议论而作五古，白居易等为讲故事而作乐府，都是为了各自特殊的目的，在当时习惯以外，匠心地采取了各自特殊的工具。贾岛一派人则没有那必要。为他们起见，当时最通行的体裁——五律就够了。一则五律与五言八韵的试帖最近，作五律即等于做功课，二则为拈拾点景物来烘托出一种情调，五律也正是一种标准形式。然而作诗为什么老是那一套阴霾、凛冽、峭硬的情调呢？我们在上文说那是由于癖好，但癖好又是如何形成的呢？这点似乎尤其重要。如果再明白了这点，便明白了整个的贾岛。

我们该记得贾岛曾经一度是僧无本。我们若承认一个人前半辈子的蒲团生涯，不能因一旦返俗，便与他后半辈子完全无关，则现在的贾岛，形貌上虽然是个儒生，骨子里恐怕还有个释子在。所以一切属于人生背面的、消极的、与常情背道而驰的趣味，都可溯源到早年在禅房中的教育背景。早年记忆中“坐学白骨塔”或“三更两鬓几枝雪，一念双峰四祖心”的禅味，不但是“独行潭底影，数息树边身”“月落看心次，云生闭目中”一类诗境的蓝本，而且是“瀑布五千仞，草堂瀑布边”“孤鸿来夜半，积雪在诸峰”，甚至“怪禽啼旷野，落日恐行人”的渊源。他目前那时代——一个走上了末路的，荒凉、寂寞、空虚、一切罩在一层铅灰色调中的时代，在某种意义上与他早年记忆中的情调是调和，甚至一致的。唯其这时代的一般情调，基于他早年的经验，可说是先天地与他不但面熟，而且知心，所以他对于时代，不至如孟郊那样愤恨，或白居易那样悲伤，反之，他却能立于一种超然地位，借此温寻他的记忆，端详它，摩挲它，仿佛一件失而复得的心爱的什物一样。早年的经验使他在那荒凉得几乎狞恶的“时代相”前面，不变色，也不伤心，只感着一种亲切、融洽而已。于是他爱静，爱瘦，爱冷，也爱这些情调的象征——鹤、石、冰雪。黄昏与秋是传统诗人的时间与季候，但他爱深夜过于黄昏，爱冬过于秋。他甚至爱贫、病、丑和恐怖。他看不出“鹦鹉惊寒夜唤人”句一定比“山雨滴栖鹉”更足以令人关怀，也不觉得“牛羊识僮仆，既夕应传呼”较之“归吏封宵钥，行蛇入古桐”更为自然。也不能说他爱这些东西。如果是爱，那便太执着而邻于病态了。（由于早年禅院的教育，不执着的道理应该是他早已懂透了的。）他只觉得与它们臭味相投罢了。更说不上好奇。他实在因为那些东西太不奇，太平易近人，才觉得它们“可人”，而喜欢常常注视它们。如同一个三棱镜，毫无主见地准备接受并解析日光中各种层次的色调，无奈“世纪末”的云翳总不给他放晴，因此他最热闹的色调也不过“杏园啼百舌，谁醉在花傍”“身事岂能遂？兰花又已开”和“柳转斜阳过水来”之类。常常是温馨与凄清糅合在一起，“芦苇声兼雨，芰荷香绕灯”，春意留恋在严冬的边缘上，“旧房山雪在，春草岳阳生”。他瞥见的“月影”偏偏不在花上而在“蒲根”，“栖鸟”不在绿杨中而在“棕花上”。是点荒凉感，就逃不脱他的注意，哪怕琐屑到“湿苔粘树瘿”。

以上这些趣味，诚然过去的诗人也偶尔触及，却没有如今这样大量地、彻底地被发掘过，花样、层次也没有这样丰富。我们简直无法想象他给予当时人的，是如何深刻的一个刺激。不，不是刺激，是一种酣畅的满足。初唐的华贵，盛唐的壮丽，以及最近十才子的秀媚，都已腻味了，而且容易引起一种幻灭感。他们需要一点清凉，甚至一点酸涩来换换口味。在多年的热情与感伤中，他们的感情也疲乏了。现在他们要休息。他们所熟悉的禅宗与老庄思想也这样开导他们。孟郊、白居易鼓励他们再前进。眼看见前进也是枉然，不要说他们早已声嘶力竭。况且有时在理论上就释、道二家的立场说，他们还觉得“退”才是正当办法。正在苦闷中，贾岛来了，他们得救了，他们惊喜得像发现了一个新天地，真的，这整个人生的半面，犹如一日之中有夜，四时中有秋冬——为什么老被保留着不许窥探？这里确乎是一个理想的休息场所，让感情与思想都睡去，只感官张着眼睛往有清凉色调的地带涉猎去。“叩齿坐明月，搘颐望白云”，休息又休息。对了，唯有休息可以驱除疲惫，恢复气力，以便应付下一场的紧张。休息，这政治思想中的老方案，在文艺态度上可说是第一次被贾岛发现的。这发现的重要性可由它在当时及以后的势力中窥见。由晚唐到五代，学贾岛的诗人不是数字可以计算的，除极少数鲜明的例外，是向着词的意境与辞藻移动的，其余一般的诗人大众，也就是大众的诗人，则全属于贾岛。从这观点看，我们不妨称晚唐五代为贾岛时代。[①]他居然被崇拜到这地步：

> 李洞……酷慕贾长江，遂铜写岛像，戴之巾中，常持数珠念贾岛佛……人有喜贾岛诗者，

① 宋方岳《深雪偶谈》：“贾阆仙……同时喻凫，顾非熊，继此张乔、张蠙、李频、刘得仁，凡晚唐诸子，皆于纸上北面，随其所得深浅，皆足以终其身而名后世。”作者原注。

> 洞必手录岛诗赠之，叮咛再四曰："此无异佛经，归焚香拜之。"（《唐才子传》九）
>
> 南唐孙晟……尝画贾岛像，置于屋壁，晨夕事之。（《郡斋读书志》十八）

上面的故事，你尽可解释为那时代人们的神经病的象征，但从贾岛方面看，确乎是中国诗人从未有过的荣誉，连杜甫都不曾那样老实地被偶像化过；你甚至说晚唐五代之崇拜贾岛是他们那一个时代的偏见和冲动，但为什么几乎每个朝代的末叶都有回向贾岛的趋势？宋末的四灵，明末的钟、谭，以至清末的同光派，都是如此。不宁唯是，即宋代江西派在中国诗史上所代表的新阶段，大部分不也是从贾岛那份遗产中得来的盈余吗？可见每个在动乱中灭毁的前夕都需要休息，也都要全部地接受贾岛，而在平时，也未尝不可以部分地接受他，作为一种调剂，贾岛毕竟不单是晚唐五代的贾岛，而是唐以后各时代共同的贾岛。

杜　甫*

引　言

明吕坤曰："史在天地，如形之景。人皆思其高曾也，皆愿睹其景。至于文儒之士，其思书契以降之古人，尽若是已矣。"数千年来的祖宗，我们听见过他们的名字，他们生平的梗概，我们仿佛也知道一点，但是他们的容貌、声音，他们的性情、思想，他们心灵中的种种隐秘——欢乐和悲哀，神圣的企望，庄严的愤慨，以及可笑亦复可爱的弱点或怪癖……我们全是茫然。我们要追念，追念的对象在哪里？要仰慕，仰慕的目标是什么？

* 本文原载1928年《新月》第一卷第六期。

要崇拜，向谁施礼？假如我们是肖子肖孙，我们该怎样悲恸，怎样心焦！

看不见祖宗的肖像，便将梦魂中迷离恍惚的，捕风捉影，模拟出来，聊当瞻拜的对象——那也是没有办法的慰情的办法。我给诗人杜甫绘这幅小照，是不自量，是渎亵神圣，我都承认。因此工作开始了，马上又搁下了。一搁搁了三年，依然死不下心去，还要赓续，不为别的，只还是不奈何那一点“思其高曾，愿睹其景”的苦衷罢了。

像我这回揹起的工作，本来应该包括两层步骤，第一是分析，第二是综合。近来某某考证，某某研究，分析的工作做得不少了；关于杜甫，这类的工作，据我知道的却没有十分特出的成绩。我自己在这里偶尔虽有些零星的补充，但是，我承认，也不是什么大发现。我这次简直是跳过了第一步，来径直做第二步；这样做法，是不会有好结果的，自己也明白。好在这只是初稿，只要那“思其高曾，愿睹其景”的心情不变，永远那样策励我，横竖以后还可以随时搜罗，随时拼补。目下我绝不敢说，这是真正的杜甫，我只说是我个人想象中的“诗圣”。

我们的生活如今真是太放纵了，太夸妄了，太杳小了，太龌龊了。因此我不能忘记杜甫；有个时期，华茨华斯也不能忘记弥尔敦，他喊——

Milton！thou shouldst be living at this hour：
England hath need of thee：she is a fen
Of stagnant waters：alter，sword，and pen，
Fireside，the heroic wealth of hall and bower，
Have forfeited their ancient English dower
Of inward happiness. We are selfish men；
Oh！raise us up，return to us again；
And give us manners，virtue，freedom，power.

一

当中一个雄壮的女子跳舞。四面围满了人山人海的看客。内中有一个四龄童子，许是骑在爸爸肩上，歪着小脖子，看那舞女的手脚和丈长的彩帛渐渐摇起花来了，看着，看着，他也不觉眉飞目舞，仿佛很能领略其间的妙绪。他是从巩县特地赶到郾城来看跳舞的。这一回经验定给了他很深的印象。下面一段是他几十年后的回忆：

> 㸌如羿射九日落，矫如群帝骖龙翔。来如雷霆收震怒，罢如江海凝清光。

舞女是当代名满天下的公孙大娘。四岁的看客后来便成为中国有史以来第一个大诗人，四千年文化中最庄严、最瑰丽、最永久的一道光彩。四岁时看的东西，过了五十多年，还能留下那样活跃的印象，公孙大娘的艺术之神妙，可以想见，然而小看客的感受力，也就非凡了。

杜甫，字子美；生于唐睿宗先天元年（七一二）；原籍襄阳，曾祖依艺作河南巩县县令，便在巩县住家了。子美幼时的事迹，我们不大知道。我们知道的，是他母亲死得早，他小时是寄养在姑母家里。他自小就多病。有一天可叫姑母为难了。儿子和侄儿都病着，据女巫说，要病好，病人非睡在东南角的床上不可；但是东南角的床铺只有一张，病人却有两个。老太太居然下了决心，把侄儿安顿在吉利的地方，叫自家的儿子填了侄儿的空子。想不到决心下了，结果就来了。子美长大了，听见老家人讲姑母如何让表兄给他替了死，他一辈子觉得对不起姑母。

早慧不算稀奇；早慧的诗人尤其多着。只怕很少的诗人开笔开得像我们诗人那样有重大的意义。子美第一次破口歌颂的，不是什么凡物。这“七龄思即壮，开口咏凤凰”的小诗人，可以说，咏的便是他自己。禽族里再没有比凤凰善鸣的，诗国里也没有比杜甫更会唱的。凤凰是禽中之王，杜甫是诗中之圣，咏凤凰简直是诗人自占的预言。从此以后，他便常常以凤凰自比（《凤凰台》《赤凤行》便是最明白的表示）。这种比拟，从现今这开明的时代看去，倒有一种特别恰当的地方。因为谈论到这伟大的人格，伟大的天才，谁不感觉寻常文字的无效？不，无效的还不只文字，你只顾呕尽心血来悬拟、揣测，总归是隔膜，那超人的灵府中的秘密，他的心情，他的思路，像宇宙的谜语一样，绝不是寻常的脑筋所能猜透的。你只懂得你能懂的东西；因此，谈到杜甫，只好拿不可思议的比不可思议的。凤凰你知道是神话，是子虚，是不可能。可是杜甫那伟大的人格，伟大的天才，你定神一想，可不是太伟大了，伟大得可疑吗？上下数千年没有第二个杜甫（李白有他的天才，没有他的人格），你敢信杜甫的存在绝对可靠吗？一切的神灵和类似神灵的人物都有人疑过，荷马有人疑过，莎士比亚有人疑过，杜甫失了被疑的资格，只因文献、史迹，种种不容抵赖的铁证，一五一十，都在我们手里。

子美自弱冠以后，直到老死，在四方奔波的时候多，安心求学的机会很少。若不是从小用过一番苦功，这诗人的学力哪得如此的雄厚？生在书香门第，家境即使贫寒，祖藏的书籍总还够他餍饫的。从七八岁到弱冠的期间中，我们想象子美的生活，最主要的，不外作诗，作赋，读书，写擘窠大字……无论如何，闲游的日子总占少数（从七岁以后，据他自称，四十年中作了一千多首诗文；一千多首作品是要时候作的）。并且多病的身体当不起剧烈的户外生活，读书学文便自然成了唯一的消遣。他的思想成熟得特别早，一半固由于天赋，一半大概也是孤僻的书斋生活酿成的。在书斋里，他自有他的世界。他的世界是时间构成的；沿着时间的航线，上下三四千年，来往地飞翔，他沿路看见的都是圣贤、豪杰、忠臣、孝子、骚人、逸士——都是魁梧奇伟、温馨凄艳的灵魂。久而久之，他定觉得那些庄严灿烂的姓名，和生人一般实在，而且渐渐活现起来了，于是他看得见古人行动的姿态，听得到古人歌哭的声音。甚至他们还和他揖让周旋，上下议论；他成了他们其间的一员。于是他只觉得自己和寻常的少年不同，他几乎是历史中的人物，他和古人的关系比和今人的关系密切多了。他是在时间里，不是在空间里活着。他为什么不那样想呢？这些古人不是在他心灵里活动、血脉里运行吗？他的身体不是从这些古人的身体分泌出来的吗？是的，那政事、武功、学术震耀一时的儒将杜预便是他的十三世祖；那宣言“吾文章当得屈宋作衙官，吾笔当得王羲之北面”的著名诗人杜审言，便是他的祖父；他的叔父杜升是个为报父仇而杀身的十三岁的孝子；他的外祖母便是张说所称的那为监牢中的父亲“菲屦布衣，往来供馈，徒行悴色，伤动人伦”的孝女；他外祖母的兄弟，崔行芳，曾经要求给二哥代死，没有诏准，就同哥哥一起就刑了，当时称为“死悌”。你看他自己家里，同外家里，事业、文章、孝行、友爱——立德、立功、立言的人物这样多；他翻开近代的史乘，等于翻开自己的家谱。这样读书，对于一个青年的身心，潜移默化的影响，定是不可限量的。难怪一般的少年，他瞧不上眼。他是一个贵族，不但在族望上，便论德行和智慧，他知道，也应该高人一等。所以他的朋友，除了书本里的古人，就是几个有文名的老前辈。要他同一般行辈相等的庸夫俗子混在一起，是办不到的。看看这一段文字，便可想见当时那不可一世的气概：

> 性豪业嗜酒，嫉恶怀刚肠。脱略小时辈，结交皆老苍。饮酣视八极，俗物皆茫茫。

子美所以有这种抱负，不但因为他的血缘足以使他自豪，也不仅仅是他不甘自暴自弃；这些都是片面的、次要的理由。最要紧的，是他对于自己的成功，如今确有把握了。崔尚、魏启心一般的老前辈都比他作班固、扬雄；他自己仿佛也觉得受之无愧。十四五岁的杜二，在翰墨场中，已经是一个角色了。

这时还有一件事也可以增长一个人的兴致。从小摆不脱病魔的纠缠，如今摆脱了。这件事竟许是最足令人开心的。因为毕竟从前那种幽闭的书斋生活不大自然，只因一个人缺欠了健康，身体失了自由，什么都没有办法。如今健康恢复了，有了办法，便尽量地追回以前的积欠，当然是不妨的，简直是应该的。譬如院子里那几棵枣树，长得比什么树都古怪，都有精神，枝子都那样剑拔弩张地挺着，仿佛全身都是劲。一个人如今身体强了，早起在院子里走走，往往也觉得浑身是劲，忽然看见它们那挑衅的样子，恨不得拣一棵抱上去，和它摔一跤，决个雌雄。但是想想那举动又未免太可笑了。最好是等八月来，枣子熟了，弟妹们只顾要枣子吃；枣子诚然好吃，但是当哥哥的，尤其筋强力壮的哥哥，最得意的，不是吃枣子，是在那给弟妹们不断地供应枣子的任务。用竹篙子打枣子还不算本领。哥哥有本领上树，不信他可以试给他们看看。上树要上到最高的枝子，又得不让枣刺扎伤了手，脚得站稳了，还不许踩断了树枝；然后躲在绿叶里，一把把地洒下来；金黄色的、朱砂色的、红黄参半的枣子，花花刺刺洒将下来，得让孩子们抢都抢不赢。上树的技术练高了，一天可以上十来次，棵棵树都要上到。最有趣的，是在树顶上站直了，往下一望，离天近，离地远，一切都在脚下，呼吸也轻快了，他忍不住大笑一声；那笑里有妙不可言的胜利的庄严和愉快。便是游戏，一个人的地位也要站得超越一点，才不愧是杜甫。

健康既经恢复了，年龄也渐渐大了，一个人不能老在家乡守着。他得看看世界。并且单为自己创作的前途打算，多少通都广邑、名山大川，也不得不瞻仰瞻仰。

二

大约在二十岁左右，诗人便开始了他的飘流的生活。三十五以前，是快意的游览（仍旧用他自己的比喻），便像羽翮初满的雏凤，乘着灵风，踏着彩云，往蒙蒙的长空飞去。他胁下只觉得一股轻松，到处有竹实，有醴泉，他的世界是清鲜，是自由，是无垠的希望，和薛雷[①]的云雀一般，他是

An unbodied joy whose race is just begun.

三十五岁以后，风渐渐尖峭了，云渐渐恶毒了，铅铁的穹隆在他背上逼压着，太阳也不见了，他在风雨雷电中挣扎，血污的翎羽在空中缤纷地旋舞，他长号，他哀呼，唱得越急切，节奏越神奇，最后声嘶力竭，他卸下了生命，他的挫败是胜利的挫败，神圣的挫败。他死了，他在人类的记忆里永远留下了一道不可逼视的白光；他的

① 今译雪莱。

音乐，或沉雄，或悲壮，或凄凉，或激越，永远、永远是在时间里颤动着。

子美第一次出游是到晋地的郇瑕（今山西运城临猗县），在那边结交的人物，我们知道的，有韦之晋。此后，在三十五岁以前，曾有过两次大举的游历：第一次到吴越，第二次到齐赵。两度的游历，是诗人创作生活上最需要的两种精粹而丰富的滋养。在家乡，一切都是单调、平凡，青的天笼盖着黄的地，每隔几里路，绿杨藏着人家，白杨翳着坟地，分布得驿站似的呆板。士人的生活也和他们的背景一样单调。我们到过中州的人都知道那是个什么样的去处；大概从唐朝到现在是不会有多少进步的。从那样的环境，一旦踏进山明水秀的江南，风流儒雅的江南，你可以想象他是怎样的惊喜。我们还记得当时和六朝，好比今天和昨日；南朝的金粉，王谢的风流，在那里当然还留着够鲜明的痕迹。江南本是六朝文学总汇的中枢，他读过鲍、谢、江、沈、阴、何的诗，如今竟亲历他们歌哭的场所，他能不感动吗？何况重重叠叠的历史的舞台又在他眼前，剑池、虎丘、姑苏台、长洲苑、太伯的遗庙、阖闾的荒冢，以及钱塘、剡溪、鉴湖、天姥——处处都是陈迹、名胜，处处都足以促醒他的回忆，触发他的诗怀。我们虽没有他当时纪游的作品，但是诗人的得意是可以猜到的。美中不足的只是到了姑苏，船也办好了，都没有浮着海。仿佛命数注定了今番只许他看到自然的秀丽，清新的面相；长洲的荷香，镜湖的凉意，和明眸皓齿的耶溪女……都是他今回的眼福；但是那瑰奇雄健的自然，须得等四五年后游齐赵时，才许他见面。

在叙述子美第二次出游以前，有一件事颇有可纪念的价值，虽则诗人自己并不介意。

唐代取士的方法分三种——生徒、贡举、制举。已经在京师各学馆，或州县各学校成业的诸生，送来尚书省受试的，名曰生徒；不从学校出身，而先在州县受试，及第了，到尚书省应试的，名曰贡举。以上两种是选士的常法。此外，每多少年，天子诏行一次，以举非常之士，便是制举。开元二十三年（七三六）子美游吴越回来，挟着那“气劘屈贾垒，目短曹刘墙”的气焰应贡举，县试成功了，在京兆尚书省一试，却失败了。结果没有别的，只是在够高的气焰上又加了一层气焰。功名的纸老虎如今被他戳穿了。果然，他想，真正的学问，真正的人才，是功名所不容的。也许这次下第，不但不能损毁，反足以抬高他的身价。可恨的许只是落第落在名职卑微的考功郎手里，未免叫人丧气。当时士林反对考功郎主试的风潮酝酿得一天比一天紧，在子美“忤下考功第”的明年，果然考功郎吃了举人的辱骂，朝廷从此便改用侍郎主试。

子美下第后八九年之间，是他平生最快意的一个时期，游历了许多名胜，结交了许多名流。可惜那期间是他命运中的朝曦，也是夕照，那几年的经历是射到他生命上的最始和最末的一道金辉；因为从那以后，世乱一天天地纷纭，诗人的生活一天天地潦倒，直到老死，永远闯不出悲哀、恐怖和绝望的环攻。但是末路的悲剧不忙提起，我们的笔墨不妨先在欢笑的时期多流连一会儿，虽则悲惨的下文早晚是要来的。

开元二十四五年之间，子美的父亲——闲——在兖州司马任上，子美去省亲，乘便游历了兖州、齐州一带的名胜，诗人的眼界于是更加开阔了。这地方和家乡平原既不同，和秀丽的吴越也两样。根据书卷里的知识，他常常想见泰山的伟大和庄严，但是真正的岱岳，那“造化钟神秀，阴阳割昏晓”的奇观，他没有见过。这边的湍流、峻岭、丰草、长林都另有一种他最能了解，却不曾认识过的气魄。在这里看到的，是自然的最庄严的色相。唯有这边自然的气势和风度最合我们诗人的脾胃，因为所有磅礴郁结在他胸中的，自然已经在这景物中说出了；这里一丘一壑、一株树、一朵云，都能引起诗人的共鸣。他在这里勾留了多年，直变成了一个燕赵的健儿；慷慨悲歌、沉郁顿挫的杜甫，如今发现了他的自我。过路的人往往看见一行人马，带着弓箭旗枪，驾着雕鹰，牵着猎狗，往郊野奔去。内中头戴一顶银盔，脑后斗大一颗红缨，全身铠甲，跨在马上的，便是监门胄曹苏预（后来避讳改名源明）。在他左首并辔而行的，装束略微平常，双手横按着长槊，却也是英风爽爽的一个丈夫，便是诗人杜甫。两个少年后来成了极要好的朋友。这回同着打猎的经验，子美永远不能忘记，后来还供给了《壮游》诗一段有声有色的文字：

> 春歌丛台上，冬猎青丘旁。呼鹰皂枥林，逐兽云雪岗。射飞曾纵鞚，引臂落鹜鸧。苏侯据鞍喜，忽如携葛强。

原来诗人也学得了一手好武艺！

这时的子美，是生命的焦点，正午的日曜，是力，是热，是锋棱，是夺目的光芒。他这时所咏的《房兵曹胡马》和《画鹰》恰好都是自身的写照。我们不能不腾出篇幅，把两首诗的全文录下。

胡马大宛名，锋棱瘦骨成。竹批双耳峻，风入四蹄轻。所向无空阔，真堪托死生。骁腾有如此，万里可横行。——《房兵曹胡马》

素练风霜起，苍鹰画作殊。㧐身思狡兔，侧目似愁胡。绦镟光堪摘，轩楹势可呼。何当击凡鸟，毛血洒平芜！——《画鹰》

这两首和稍早的一首《望岳》都是那时期里最重要的代表作品，实在也奠定了诗人全部创作的基础。诗人作风的倾向，似乎是专等这次游历来发现的；齐赵的山水，齐赵的生活，是几天的骄阳接二连三地逼成了诗人天才的成熟。

灵机既经触发了，弦音也已校准了，从此轻拢慢捻，或重挑急抹，信手弹去，都是绝调。艺术一天进步一天，名声也一天大一天。从齐赵回来，在东都（今洛阳）住了两三年，城南首阳山下的一座庄子，排场虽是简陋，门前却常留着达官贵人的车辙马迹。最有趣的是，那一天门前一阵车马的喧声，顿时老苍头跑进来报道贵人来了。子美倒屣出迎；一位道貌盎然的斑白老人向他深深一揖，自道是北海太守李邕，久慕诗人的大名，特地来登门求见。北海太守登门求见，与诗人相干吗？世俗的眼光看来，一个乡贡落第的穷书生家里来了这样一位阔客人，确乎是荣誉，是发迹的吉兆。但是诗人的眼光不同。他知道的李邕，是为追谥韦巨源事，两次驳议太常博士李处，和声援宋璟、弹劾谋反的张昌宗弟兄的名御史李邕——是碑版文字散满天下，并且为要压倒燕国公的“大手笔”，几乎牺牲了性命的李邕——是重义轻财，卑躬下士的李邕。这样一位客人来登门求见，当然是诗人的荣誉；所以“李邕求识面”可以说是他生平最得意的一句诗。结识李邕在诗人生活中确乎要算一件有关系的事。李邕的交游极广，声名又大，说不定子美后来的许多朋友，例如李白、高适诸人，许是由李邕介绍的。

三

写到这里，我们该当品三通画角，发三通擂鼓，然后提起笔来蘸饱了金墨，大书而特书。因为我们四千年的历史里，除了孔子见老子（假如他们是见过面的），没有比这两人的会面，更重大、更神圣、更可纪念的。我们再逼紧我们的想象，譬如说，青天里太阳和月亮走碰了头，那么，尘世上不知要焚起多少香案，不知有多少人要望天遥拜，说是皇天的祥瑞。如今李白和杜甫——诗中的两曜，劈面走来了，我们看去，不比那天空的异瑞一样神奇、一样有重大的意义吗？所以假如我们有法子追究，我们定要把两人行踪的线索，如何拐弯抹角时合时离，如何越走越近，终于两条路线会合交叉了——统统都记录下来。假如关于这件事，我们能发现到一些翔实的材料，那该是文学史里多么浪漫的一段掌故！可惜关于李杜初次的邂逅，我们知道的一成，不知道的九成。我们知道天宝三载三月，太白得罪了高力士，放出翰林院之后，到过洛阳一次，当时子美也在洛阳。两位诗人初次见面，至迟是在这个当儿，至于见面时的情形，在什么时候，什么地方，也许是李邕的筵席上，也许是洛阳城内一家酒店里，也许……但这都是可能范围里的猜想，真确的情形，恐怕是永远的秘密。

有一件事我们却拿得稳是可靠的。子美初见太白所得的印象，和当时一般人得的，正相吻合。司马子微一见他，称他“有仙风道骨，可与神游八极之表”；贺知章一见，便呼他作“天上谪仙人”。子美集中第一首《赠李白》诗，满纸都是企羡登真度此的话，假定那是第一次的邂逅，第一次的赠诗，那么，当时子美眼中的李十二，不过一个神采趣味与常人不同、有“仙风道骨”的人，一个可与“相期拾瑶草”的侣伴，诗人的李白没有在他脑中镌上什么印象。到第二次赠诗，说“未就丹砂愧葛洪”，回头就带着讥讽的语气问：“痛饮狂歌空度日，飞扬跋扈为谁雄？”依然没有谈到文字。约莫一年以后，第三次赠诗，文字谈到了，也只轻轻的两句“李侯有佳句，往往似阴铿”，不是什么了不得的恭维，可是学仙的话一概不提了。或许他们初见时，子美本就对于学仙有了兴味，所以一见了“谪仙人”，便引为同调；或许子美的学仙的观念完全是太白的影响。无论如何，子美当时确是做过那一段梦——虽则是很短的一段；说“苦无大药资，山林迹如扫”；说“未就丹砂愧葛洪”，起码是半真半假的心话。东都本是商贾贵族蜂集的大城，廛市的繁华，人心的机巧，种种城市生活的罪恶，我们明明知道，已经叫子美腻烦、厌恨了；再加上当时炼药求仙的风气正盛，诗人自己又正在富于理想的、如火如荼的浪漫的年华中——在这种情势之下，萌生了出世的观念，是必然的结果。只是杜甫和李白的秉性根本不同：李白的出世，是属于天性的，出世的根性深藏在他骨子里，出世的风神披露在他容貌上；杜甫的出世是环境机会造成的念头，是一时的愤慨。两人的性格根本是冲突的。太白笑“尧舜之事不足惊”，子美始终要“致君尧舜上”。因此两人起先虽觉得志同道合，后来子美的热狂冷了，便渐渐觉得不独自己起先的念头可笑，连太白的那种态度也可笑了；临了，念头完全抛弃，从此绝口不提了。到不提学仙的时候，才提到文字，也可见当初太白的诗不是不足以引起子美的倾心，实在是诗人的李白被仙人的李白掩盖了。

东都的生活果然是不能容忍了，天宝四载夏天，诗人便取道如今开封归德一带，来到济南。在这边，他的东道主，便是北海太守李邕。他们常时集会、宴饮、赋诗；集会的地点往往在历下亭和鹊湖边上的新亭。在座的都是本地的或外来的名士；内中我们知道的还有李邕的从孙李之芳员外，和邑人蹇处士。竟许还有高适，有李白。

是年秋天太白确乎是在济南。当初他们两人是否同来的，我们不晓得；我们晓得他们此刻交情确是很亲密了，所谓“醉眠秋共被，携手日同行”，便是此时的情况。太白有一个朋友范十，是位隐士，住在城北的一个村子上。门前满是酸枣树，架上吊着碧绿的寒瓜，滃滃的白云镇天在古城上闲卧着——俨然是一个世外的桃源；主人又殷勤；太白常常带子美到这里喝酒谈天。星光隐约的瓜棚底下，他们往往谈到夜深人静，太白忽然对着星空出神，忽然谈起从前陈留采访使李彦如何答应他介绍给北海高天师学道箓，话说过了许久，如今李彦许早忘记了，他可是等得不耐烦了。子美听到那类的话，只是唯唯否否；直等话头转到时事上来，例如贵妃的骄奢，明皇的昏聩，以及朝里朝外的种种险象，他的感慨才潮水般地涌来。两位诗人谈着话，叹着气，主人只顾忙着筛酒，或许他有意见不肯说出来，或许压根儿没有意见。

十七年八月十日

英译李太白诗*

《李白诗集》The Works of Li Po，The Chinese Poet.

小畑薰良译 Done into English Verse by Shigeyoshi Obata，E. P. Dutton & Co，New York City. 1922.

小畑薰良先生到了北京，更激动了我们对于他译的《李白诗集》的兴趣。这篇评论披露出来了，我希望小畑薰良先生这件惨淡经营的工作，在中国还要收到更普遍的注意，更正确的欣赏。书中虽然偶尔也短不了一些疏忽的破绽，但是大体上看起来，依然是一件很精密、很

* 本文原载1926年6月3日《北平晨报》副刊。

有价值的工作。如果还有些不能叫我们十分满意的地方，那许是应该归罪于英文和中文两种文字的性质相差太远了；而且我们应注意译者是从第一种外国文字译到第二种外国文字。打了这几个折扣，再通盘计算起来，我们实在不能不佩服小畑薰良先生的毅力和手腕。

这一本书分成三部分：（一）李白的诗。（二）别的作家同李白唱和的诗，以及同李白有关系的诗。（三）序、传及参考书目。我把第一部分里面的李白的诗和译者的序，都很尽心地校阅了，我得到无限的乐趣，我也发生了许多的疑窦。乐趣是应该向译者道谢的，疑窦也不能不和他公开地商榷。

第一我觉得译李白的诗，最要注重鉴别真伪，因为集中有不少的“赝鼎”，有些是唐人伪造的，有些是五代伪造的，有些是宋人伪造的，古来有识的学者和诗人，例如苏轼讲过《草书歌行》《悲歌行》《笑歌行》《姑熟十咏》，都是假的；黄庭坚讲过《长干行》第二首和《去妇词》是假的；萧士赟怀疑过的有七篇，赵翼怀疑过的有两篇；龚自珍更说得可怕——他说李白的真诗只有一百二十二篇，算起来全集中至少有一半是假的了。

我们现在虽不必容纳龚自珍那样极端的主张，但是讲李白集中有一部分的伪作，是很靠得住的。况且李阳冰讲了“当时著作，十丧其九”，刘全白又讲“李君文集，家有之而无定卷”，韩愈又叹道：“惜哉传于今，泰山一毫芒”。这三个人之中，阳冰是太白的族叔，不用讲了。刘全白、韩愈都离着太白的时代很近，他们的话应当都是可靠的。但是关于鉴别真伪的一点，译者显然没有留意。例如《长干行》第二首，他便选进去了。鉴别的功夫，在研究文艺，已然是不可少的，在介绍文艺，尤其不可忽略。不知道译者可承认这一点？

再退一步说，我们若不肯断定某一首诗是真的，某一首是假的，至少好坏要分一分。我们若是认定了某一首是坏诗，就拿坏诗的罪名来淘汰它，也未尝不可以。尤其像李太白这样一位专仗着灵感作诗的诗人，粗率的作品，准是少不了的。所以选诗的人，从严一点，总不会出错儿。依我的见解，《王昭君》《襄阳曲》《沐浴子》《别内赴征》《赠内》《巴女词》，还有那证明李太白是日本人的朋友的《哭晁卿衡》一类的作品，都可以不必翻译。至于《行路难》《饯别校书叔云》《襄阳歌》《扶风豪士歌》《西岳云台歌》《鸣皋歌》《日出入行》等等的大作品，都应该入选，反而都落选了。这不知道译者是用的一种什么标准去选的，也不知道选择的观念到底来过他脑筋里没有。

太白最擅长的作品是乐府歌行，而乐府歌行用自由体译起来，又最能得到满意的结果。所以多译些《蜀道难》《梦游天姥吟留别》一类的诗，对于李太白既公道，在译者也最合算。太白在绝句同五律上固然也有他的长处；但是太白的长处正是译者的难关。李太白本是古诗和近体中间的一个关键。他的五律可以说是古诗的灵魂蒙着近体的躯壳，带着近体的藻饰。形式上的秾丽许是可以译的，气势上的浑璞可没法子译了。但是去掉了气势，又等于去掉了李太白。“我来竟何事，高卧沙丘城？城边有古树，日夕连秋声……”这是何等的气势，何等古朴的气势！你看译到英文，成了什么样子？

Why have I come hither，after all?
Solitude is my lot at Sand Hill city
There are old trees by the city wall
And many voices of autumn，day and night

这还算好的，再看下面的，谁知道那几行字就是译的“人烟寒橘柚，秋色老梧桐”。

The smoke from the cottages curls
Up around the citron trees,
And the hues of late autumn are
On the green paulownias.

这到底是怎么一回事？怎么中文的“浑金璞玉”，移到英文里来，就变成这样的浅薄，这样的庸琐？我说这毛病不在译者的手腕，是在他的眼光，就像这一类浑然天成的名句，它的好处太玄妙了，太精微了，是禁不起翻译的。你定要翻译它，只有把它毁了完事！譬如一朵五色的灵芝，长在龙爪似的老松根上，你一眼瞥见了，很小心地把它采了下来，供在你的瓶子里，这一下可糟了！从前的瑞彩，从前的仙气，于今都变成了又干又瘪的黑菌。你搔着头，只着急你供养的方法不对。其实不然，压根儿你就不该采它下来，采它就是毁它，“美”是碰不得的，一黏手它就毁了，太白的五律是这样的，太白的绝句也是这样的。

峨眉山月半轮秋，影入平羌江水流，夜发青溪向三峡，思君不见下渝州。

The autumn moon is half round above Omei Mountain;

Its pale light falls in and flows with the water of the Pingchang River.

In-night I leave Chingchi of the limpid stream for the Three Canyons,

And glides down past Yuchow, thinking of you whom I can not see.

在诗后面译者声明了，这首诗译得太对不起原作了。其实他应该道歉的还多着，岂止这一首吗？并且《静夜思》《玉阶怨》《秋浦歌》《赠汪伦》《山中答问》《清平调》《黄鹤楼送孟浩然之广陵》一类的绝句，恐怕不只小畑薰良先生，实在什么人译完了，都短不了要道歉的。所以要省了道歉的麻烦，这种诗还是少译的好。

我讲到了用自由体译乐府歌行最能得到满意的结果。这个结论是看了好几种用自由体的英译本得来的。读者只要看小畑薰良先生的《蜀道难》便知道了。因为自由体和长短句的乐府歌行，在体裁上相差不远；所以在求文字的达意之外，译者还有余力可以进一步去求音节的仿佛。例如篇中几句“蜀道之难难于上青天”，是全篇音节的锁钥，是很重要的。译作“The road to Shu is more difficult to climb than to climb the steep blue heaven”，两个（climb）在一句的中间作一种顿挫，正和两个难字的功效一样的；最巧的“难”同climb的声音也差不多。又如“上有六龙回日之高标；下有冲波逆折之洄川”译作：

> Lo，the road mark high above，where the six dragons circle the sun!
>
> The stream far below，winding forth and winding back，breaks into foam.

这里的节奏也几乎是原诗的节奏了。在字句的结构和音节的调度上，本来算韦雷（Arthur Waley）最讲究，小畑薰良先生在《蜀道难》《江上吟》《远别离》《北风行》《庐山谣》几首诗里，对于这两层也不含糊。如果小畑薰良同韦雷注重的是诗里的音乐，陆威尔（Amy Luwell）注重的便是诗里的绘画。陆威尔是一个imagist，字句的色彩当然最先引起她的注意。只可惜李太白不是一个雕琢字句、刻画辞藻的诗人，跌宕的气势——排奡的音节是他的主要的特性。所以译太白与其注重辞藻，不如讲究音节了。陆威尔不及小畑薰良只因为这一点；小畑薰良又似乎不及韦雷，也是因为这一点。中国的文字尤其中国诗的文字，是一种紧凑非常——紧凑到了最高限度的文字。像“鸡声茅店月，人迹板桥霜”，这种句子连个形容词动词都没有了；不用说那“尸位素餐”的前置词、连读词等等的。这种诗意的美，完全是靠“句法”表现出来的。你读这种诗仿佛是在月光底下看山水似的。一切的都幕在一层银雾里面，只有隐约的形体，没有鲜明的轮廓；你的眼睛看不准一种什么东西，但是你的想象可以告诉你无数的形体。温飞卿只把这一个一个的字排在那里，并不依着文法的规程替它们联络起来，好像新印象派的画家，把颜色一点一点地摆在布上，他的工作完了。画家让颜色和颜色自己去互相融洽，互相辉映——诗人也让字和字自己去互相融洽，互相辉映。这样得来的效力准是特别的丰富。但是这样一来中国诗更不能译了。岂止不能用英文译？你就用中国的语体文来试试，看你会不会把原诗闹得一团糟？就讲“峨眉山月半轮秋”，据小畑薰良先生的译文（参看前面）把那两个the一个is一个above去掉了，就不成英文，不去，又不是李太白的诗了。不过既要译诗，只好在不可能的范围里找出个可能来。那么唯一的办法只是能够不增减原诗的字数，便不增减，能够不移动原诗字句的次序，便不移动。小畑薰良先生关于这一点，确乎没有韦雷细心。那可要可不要的and，though，while……小畑薰良先生随便就拉来嵌在句子里了。他并且凭空加上一整句，凭空又给拉下一句。例如《乌夜啼》末尾加了一句for whom I wonder是毫无必要的。《送汪伦》中间插上一句It was you and your friends come to bid me farewell简直是画蛇添足。并且译者怎样知道给李太白送行的，不只汪伦一个人，还有“your friends”呢？李太白并没有告诉我们这一层。《经乱离后天恩流夜郎忆旧游书怀赠江夏韦太守良宰》里有两句“江带峨眉雪，横穿三峡流”，他只译作And lo，the river swelling with the tides of Three Canyons. 试问“江带峨眉雪”的“江”字底下的四个字，怎么能删得掉呢？同一首诗里，他还把“君登凤池去，勿弃贾生才”十个字整个儿给拉下来了。这十个字是一个独立的意思，没有同上下文重复。我想定不是译者存心删去的，不过一时眼花了，给看漏了罢了（这是集中最长的一首诗；诗长了，看漏两句准是可能的事）。可惜的只是这两句实在是太白作这一首诗的动机。太白这时贬居在夜郎，正在想法子求人援助。这回他又请求韦太守“勿弃贾生才”。小烟薰良先生偏把他的真正意思给漏掉了；我怕太白知道了，许有点不愿意吧？

译者还有一个地方太滥用他的自由了。一首绝句的要害就在三四两句。对于这两句，译者应当格外小心，不要损伤了原作的意味。但是小烟薰良先生常常把它们的次序颠倒过来了。结果，不用说了，英文也许很流利，但是李太白又给挤掉了。谈到这里，我觉得小烟薰良先生的毛病，恐怕根本就在太用心写英文了。死气板脸地把英文写得和英美人写的一样，到头读者也只看见英文，看不见别的了。

虽然小烟薰良先生这一本译诗，看来是一件很细心的工作，但是荒谬的错误依然不少。现在只稍微举几个例子。“石径”绝不当译作 stony wall，“章台走马著金鞭”的“著”绝不当译作 lightly carried，“风流”绝不能译作 wind and stream，“燕山雪大花如席”的“席”也绝不能译作 pillow。“青春几何时”怎能译作 Green Spring and what time 呢？扬州的“扬”从“手”，不是杨柳的“杨”，但是他把扬州译成了 willow valley。《月下独酌》里“圣贤既已饮”译作 Both the sages and the wise were drunkers，错了。应该依韦雷的译法——of saint and sage I have long quaffed deep，才对了。考证不正确的例子也有几个。“借问卢耽鹤”卢是姓，耽是名字，译者把“耽鹤”两个字当作名字了。紫微本是星的名字。紫微宫就是未央宫，不能译为imperial palace of purple。郁金本是一种草，用郁金的汁水酿成的酒名郁金香，所以“兰陵美酒郁金香”译作The delicious wine of Lanling is of golden hue and flavorous，也不妥当。但是，最大的笑话恐怕是《白纻辞》了。这个错儿同Ezra Pound的错儿差不多。Pound把两首诗抟作一首，把第二首的题目也给抟到正文里去了。小畑薰良先生把第二首诗的第一句割了来，硬接在第一首的尾巴上。

我虽然把小畑薰良先生的错儿整套地都给搬出来了，但是我希望读者不要误会我只看见小畑薰良先生的错处，不看见他的好处。开章明义我就讲了这本翻译大体上看来是一件很精密、很有价值的工作。一件翻译的作品，也许旁人都以为很好，可是叫原著的作者看了，准是不满意的，叫作者本国的人看了，满意的许有，但是一定不多。Fitzgerald译的Rubazyat在英文读者的眼里，不成问题，是译品中的杰作，如果让一个波斯人看了，也许就要摇头了。再要让我默自己看了，定要跳起来嚷道："牛头不对马嘴！"但是翻译当然不是为原著的作者看的，也不是为懂原著的人看的，翻译毕竟是翻译，同原著当然是没有比较的。一件译品要在懂原著的人面前讨好，是不可能的，也是没有必要的。假使小畑薰良先生的这一个译本放在我眼前，我马上就看出了这许多的破绽来，那我不过是同一般懂原文的人一样的不近人情。我盼望读者——特别是英文读者不要上了我的当。

翻译中国诗在西方是一件新的工作（最早的英译在一八八八年），用自由体译中国诗，年代尤其晚。据我所知道的小畑薰良先生是第四个人用自由体译中国诗。所以这种工作还在尝试期中。在尝试期中，我们不应当期望绝对的成功，只能讲相对的满意。可惜限于篇幅，我不能把韦雷、陆威尔的译本录一点下来，同小畑薰良先生的作一个比较。因为要这样我们才能知道小畑薰良先生的翻译同陆威尔比，要高明得多，同韦雷比，超过这位英国人的地方也不少。这样讲来，小畑薰良先生译的《李白诗集》在同类性质的译本里，所占的位置很高了。再想起他是从第一种外国文字译到第二种外国文字，那么他的成绩更有叫人钦佩的价值了。

十五年六月三日

唐诗要略*

初唐（六一八——七一〇）

高祖武德元年至睿宗景云元年，凡九十二年。分前后二期，各四十六年。

一、前期（六一八——六六四），凡四十六年。起武德元年，终高宗麟德元年。

“松柏苍然，梧竹疏秀，茶梅冷淡，荆棘针刺，樗栎臃肿，芝菌灵异，荼蘼浓弱，鹿葱海棠艳，并肩而同生，

---

* 本文属提纲性质，未全部完成，根据湖北人民出版社1993年版《闻一多全集》所载整理稿校订。

气之变仕然也。文固难以拘论也。故文必曰如此如此，皆拘之类也。”（李梦阳）

上官仪伏诛，政权移授武后之象征。

新作家年龄——卢照邻二十七，骆宾王二十四，杜审言二十，王勃十五，杨炯十四。

其他大事——玄奘卒。武后始决奏事。女主用事之始。

二、后期（六六五——七一〇），凡四十六年。起麟德二年，终睿宗景云元年。

“自则天久视之后，中宗景龙之际，十数年间，六合清谧。内竣图书之府，外辟修文之馆，搜英猎俊，野无遗才。右职以精学为先，大臣以无文为耻。每豫游宫观，行幸山河[1]，白云起而帝歌，翠华飞而臣赋。雅颂之盛，与三代同风。岂惟圣后之好文，亦云奥主之协赞者也。”（张说《唐昭容上官氏文集序》）

上官婉儿伏诛，杜审言前一年卒，宋之问后二年卒，沈佺期后三年卒。

① 中华书局1982年影印本《旗号全唐文》作“河山”。

杜甫后二年生。

其他大事——韦后弑中宗，临朝称制。临淄王隆基（玄宗）定乱，睿宗即位。女主用事之终。

初唐前期——六朝之余（政治北胜南，文艺南胜北）。

学术时期——非想象，非创作，且无思想。

注疏：

经——孔颖达等《易》《书》《诗》《礼记》《春秋左氏传》注疏，徐彦《公羊注疏》，《穀梁》杨士勋注疏，贾公彦《周礼》《仪礼》注疏。

史——颜师古《汉书注》，章怀太子《汉书注》。

子——尹知章，成玄英。

集——李善《文选注》。

纂录：类书。

编修史书：房玄龄等《晋书》，姚思廉《梁书》《陈书》，李百药《北齐书》，令狐德棻《周书》，魏徵《隋书》，李延寿《南史》《北史》。

文赋的时期——非诗的时期（Prosaic age）。

庸俗的内容加以奢侈的外形——暴发户。

前期诗坛主要人物：

太宗——双层人格：事功＝北人

文艺＝南人——沈力之发泄，换口味。

（汉高祖好楚辞，吴王濞集聚南方文士，与唐太宗好江左文学如出一辙。）[1]

文学——陈后主，隋炀帝：

赋：《小池赋》：“涌菱花于岸腹，擘莲影于波心。”《小山赋》：“新松[2]翠薄，桂小丹轻……才有力以胜蝶，本无心而引莺。半叶舒而岩暗，一花散而峰明。”

诗：“古石衣新苔，新巢封古树。”（《山阁晚秋》）

书法——学王羲之，亦南派。

虞世南（越州永兴人）：

徐陵弟子——陈后主与徐陵＝唐太宗与虞世南。

书法——亦师右军。

上官仪（陕州陕人，家于江都。）

---

① 此段话原稿置诸开篇眉批处。

②《全唐文》作“松新”。

两个隐士——王绩，王宏。

前期作品之分析：

内容[①]：

台阁——喝彩（歌功颂德）——官腔（内容空虚——鹦鹉——应制）＝凝重（沈、宋、王、杨）。

香艳——诲淫（宫体诗、《玉台后集》）——妖态＝朗秀（张若虚、卢、骆）。

李百药《妾薄命》：“团扇秋风起，长门夜月明。羞闻拊背入，恨说舞腰轻。太常先已醉，刘君恒带醒。横陈每虚设，吉梦竟何成。”《火凤词》：“佳人靓晚妆，清唱动兰房。影出含风扇，声飞照日梁。娇嚬眉际敛，逸韵口中香。自有横陈会，应怜秋夜长。”

其他：杨师道《初宵看婚》，郑世翼《看新婚》，李百药《戏赠潘徐城门迎两新妇》，陈子良（一作陈伯材）《七夕看新妇隔巷停车》，褚亮《咏花烛》，陆敬、沈叔安、何仲宣、许敬宗《七夕赋咏成篇》，张文恭《七夕》，许敬宗《奉和七夕宴悬圃应制二首》，胡元范《和李公七

① 原稿此段有眉批提及张鹫及其《游仙窟》，因字迹不清未录。

夕》[1]、《和长孙秘监七夕》，李义府《题美人》（即《堂堂词》），张文恭《佳人照镜》，郑世翼《见佳人负钱出路》，虞世南《应诏题[2]司花女》《中妇织流黄》，陈子良《赋得妓》《酬萧侍中春园听妓》（此篇一作李元操诗），陈叔达（一作贾冯吉）《自君之出矣》。

长孙无忌《新曲二首》，杨师道《阙题》，谢偃《踏歌词三首》《乐府新歌应教》，上官仪《八咏应制二首》《和太尉戏赠高阳公》《咏画障》。

外形：

辞藻——浮华与浮肿。

音律——未纯熟。

前期秀句：

虞世南《侍宴应诏赋咏[3]得前字》："横空一鸟度，照水百花然。"

褚亮《赠杜侍御》（《诗式》引）："神羊既不触，夕

① 中华书局1960年版《全唐诗》卷四十五此首及下首均作任希古诗。

②《全唐诗》（同上）卷三十六"题"作"嘲"。

③《全唐诗》卷三十六"咏"作"韵"。

鸟欲依人。”

陈子良《入蜀秋夜宿江渚》：“水雾一边起，风林两岸秋。”《于塞北春日思归》：“为许羁愁长下泪，那堪春色更伤心。”

杨师道《还山宅》：“芳草无行径，空山正落花。”

崔信明：“枫落吴江冷。”（《旧书·文苑》本传引）

王绩——一个局外人：

（上虞罗氏唐风楼据孙星衍刻余萧客抄宋本重刊《王无功集》三卷，补遗二卷。《旧》一九二，《新》一九六，吕才《东皋子集后序》，《唐才子传》一，《全唐诗》二，又补遗。）

字无功，自号东皋子，绛州龙门（今山西河津县二里[1]）人，文中子通季弟。

道家：

交游——李播、吕才、崔善为（方伎），仲长子光（隐逸）。

著述——《老子注》《会心高士传》，并佚。

---

① 今山西运城市河津市。

王度（凝）《古镜记》。

嗜酒：

扬州六合丞——“斗酒学士”——太乐丞与焦革——杜康祠。

《酒经》《酒谱》——《醉乡记》——《五斗先生传》。

王氏兄弟与政治：

王凝弹侯君集忤长孙无忌。

文中子不入《隋书》。

凝私撰《隋书》，绩续未成。

文：

文中子之影响。（郭绍虞《中国文学史批评史》上卷一七四——一八一）

学陶潜、庾信。

《答冯子华处士书》

秀句——“置酒烧枯叶，披书坐落花。”（《杖策寻隐士》）

王宏——一个陌生人（存诗一首）：

济南人，工书。太宗幼与同学，尝问为八体书。及帝位，访于乡人，竟传隐去。（见《龙城录》）

后期概论

- 四杰——王勃、杨炯、卢照邻、骆宾王。
  - 上官婉儿。
- 文章四友——苏味道、李峤、崔融、杜审言。
  - 苏李（苏李居前，沈宋比肩）。
  - 刘张——刘希夷、张若虚。
- 沈宋——沈佺期、宋之问。
  - 陈张——陈子昂、张九龄。

潮流之分析——三大因素：

卢照邻 骆宾王 刘希夷 张若虚	七古 （七绝）	歌	兴趣（少）	常　理　蒋　冽 张　旭　王　翰
王　勃 杨　炯 杜审言 沈佺期 宋之问 王无竞	五律（排） （七律）	赋	格律（壮）	苏味道　李　峤 王　谭　郭元振 贺知章　张　说 韦　述　韦承庆 上官婉儿
薛　稷 陈子昂 张九龄	五古	文	风骨（老）	包　融 薛奇章

四杰的解放运动：

宣言——杨炯《王勃集序》："尝以龙朔初载，文坛变体，争构纤微，竞为雕刻。糅之以金玉龙凤，乱之以朱紫青黄，影带以徇其功，假对以称其美，骨气都尽，刚健不闻。思革其弊，用光志业。……长风一振，众萌自偃。遂使繁综浅术，无藩篱之固；纷绘小才，失金汤之险。积年绮碎，一朝清廓，翰苑豁如，词林增峻。反诸宏博，君之力焉，矫枉过正，文之权也。"

成功的基础：

年少——青年的呼声。

官小——市井俗调：宫廷官腔。

才高。

浪漫行为——卢照邻：《穷鱼赋序》："余曾有横事被拘，为群小所使，将致之深议。"骆宾土《艳情代郭氏答卢照邻》。疯疾。自杀。

骆宾王：《旧书》本传："落魄无行，好与博徒游。"助徐敬业反武后（造童谣）。《荡子从军赋》《代女道士王灵妃赠道士李荣》《咏美人在天津桥》《忆蜀地佳人》。

王勃：为虢州参军时，倚才陵籍，为僚吏共嫉。官奴曹达抵罪，匿之，又惧事泄，遂杀之以塞口。

杨炯："麒麟楦"之谑。（见《云仙杂记》）张说《赠别杨盈川箴》。

态度的解放：

浪漫精神仍旧——态度革新：

英雄——市井

儿女——青年

前期人物与此精神不融洽，故失败。四杰则放开嗓子说自家话。

方法的解放：

骈文家（享名文高于诗）。

文体较自由，便于驰骋。

诗文体别的抹杀：

骆宾王：《帝京篇》《畴昔篇》全是赋体，但皆五七言句耳。《荡子从军赋》中赋语仅三之一，李攀龙改为歌行。

卢照邻：《五悲文》："旧乡旧国白云边，飞雪飞蓬暗远天。暂辞蓟门千万里，少别昭邱三十年。昔时人物都应谢，闻道城隍今可怜。……洛阳大道何纷纷，荣光休气晓氤氲。交衢近接东西署，复道遥通南北军。汉帝能拜嵩邱石，陈王巧赋洛川云。河水河桥木兰栰，金闺金谷石榴裙。曾入西城看歌舞，也出东郊送使君。一朝憔悴无气力，暴骸委骨龙门侧。当时相重若鸿钟，今日相轻比蝉翼。”《长安古意》《行路难》，曲终奏雅。（词人之赋丽以淫。）

王勃：《春思赋》。

杨炯。

学庾信：前期与后期——徐陵与庾信。刘熙载《艺概》二：“唐初四子源出子山。观少陵《观为六绝句》专论四子，而第一首起句便云：‘庾信文章老更成。’有意无意之间，骊珠已得。”

解放的反应：

张说《赠太尉裴公神道碑》：“在选曹见骆宾王、卢照邻、王勃、杨炯。评曰：炯虽有才名，不过令长，其余华而不实，鲜克令终。”

老辈的反攻——

裴行俭答李敬玄语云：“士之致远，先器识而后文艺。勃等虽有文才，而浮躁浅露，岂享爵禄之器耶？杨子沉静，应至令长。余得令终为幸。”（《旧·王勃传》、《会要》七五、《新·裴行俭传》）

汪师韩《诗学纂闻》：“杜集《戏为六绝句》……次

章云：‘杨王卢骆当时体，轻薄为文哂未休。’轻薄为文四字，乃后世哂四家之语，非指后生辈为轻薄人也。”多案：谓当时哂四家如此。

《朝野佥载》——杨，点鬼簿：张平子之略谈，陆士衡之所记，潘安仁宜其陋矣，仲长统何足知之；骆，算博士：秦地重关一百二，汉家离宫三十六……（且论三万六千是，宁知四十九年非。）

大众——

说自己话，即说大众话，故受欢迎。

杨《序》：“后进之士，翕然景慕，久倦樊笼，咸思自释，近则面受而心服，远则言发而响应。效之者逾于激电，传之者速于置邮。得其片言，而忽焉高视；假其一气，则邈矣孤骞。窃形骸者，既昭发于枢机；吸精微者，亦潜附于声律。虽雅才之变例，诚壮思之雄宗也。”

四杰的贡献：

纪昀曰：装点是四杰本色，然有骨有韵，故虽沿齐梁之格，而能自为唐世之音。

在文方面多。

在诗方面王较大，余人则为消极的、破坏的。

共同之点——气势，即自由精神，（“不废江河万古

流。”张说曰：“杨盈川文思如悬河注水，酌之不竭。”）自动的，为己的，真的。（送礼——自用，送人）

四杰当分两派：

交谊：卢与骆密，王与杨密。

张说《裴公神道碑》：“在选曹见骆宾王、卢照邻、王勃、杨炯。”

年龄悬殊——卢长王十二岁，长杨十三岁，骆长王九岁，长杨十岁。杨曰“愧在卢前，耻居王后”，盖幼于卢，故愧在其前；与王年相若，故耻居其后。

作风差异——杨《序》：“薛令公朝右文宗，托末契而推一变；卢照邻人间才杰，览清规而辍九攻。”

卢、骆——歌行：滑易。往往似弹词、俗调，《秦妇吟》易入俗耳。“轻薄为文”——低级趣味。卢《长安古意》《行路难》，骆《艳情代郭氏答卢照邻》《代女道士王灵妃赠道士李荣》。骆尤伧俗。

王、杨——五言：凝重。李商隐《漫成五章》之一：“沈宋裁辞矜变律，王杨落笔得良朋。当时自谓宗师妙，今日惟观对属能。”《新·文艺传论》：“……故王、杨为之伯。”《新书·文艺传》：“崔融与张说评勃等曰：‘勃文章宏放，非常人所及。’”

卢照邻

传略：

字昇之，（作升误）幽州范阳人——邓王府典签——二十九（?）调新都尉（王、杨、骆似并在蜀）——三十五六，因疾归长安——后居东龙门山精舍，益贫病——徙阳翟具茨山下，挛废，豫为墓，卧其中——投颍水死，年四十。道家，《幽忧子》，事孙思邈。

评论：

病后诗不见集中。佳句似中晚人。（"风摇"二句开李贺，"城狐"二句开贾岛）然有句无章，故不及王勃。才高于三家，而成就少。秀句三家所无。

《首春贻京邑文士》："横琴答山水，披卷阅公卿。"《山庄休沐》："川光摇水箭，山气上云梯。"《赠李荣道士》："风摇十洲影，日乱九江文。"《春晚山庄率题二首》："山水弹琴尽，风花酌酒频。"《诗式》引佚句："城狐尾独束，山鬼面参覃。"

著作：

集二十卷。《幽优子》三卷——《全唐诗》二卷，补遗一首。

《长安古意》——

梁简文帝《乌栖曲》："青牛丹毂七香车，可怜今夜宿倡家。倡家高树乌欲栖，罗帷翠被任君低。"

庾信《乌夜啼》："促柱繁弦非《子夜》，歌声舞态异《前溪》。御史府中何处宿，洛阳城头那得栖。弹琴蜀郡卓家女，织锦秦川窦氏妻。讵不自惊长泪落，到头啼乌恒夜啼。"

骆宾王

传略：

婺州义乌人——七岁咏鹅："鹅鹅鹅，曲项向天歌。白毛浮绿水，红掌拨清波。"——少落魄无行，好与博徒游——为道王府属，使自言所能，不答——麟德后宦游蜀中——武功主簿——上元中为洮州总管裴行俭掌书记——长安主簿——侍御史，上书忤武后，系狱——贬临海丞——助徐敬业举义——讨武后檄——死的传说：被害，赴水，逃逸为僧——"灵隐赋诗"事辨妄。

著作：

集十卷（今七卷）——《百道判集》一卷——《全唐诗》三卷。

评论：

文——皇甫湜讥世人“笔语未有骆宾王一字，已骂宋玉为罪人”。“风生曳鹭之涛……雨湿印龟之岸。”陆时雍称为“风味绝色”。(《蓬莱镇》：“白鹭似江涛。”)

诗——《在狱咏蝉》不选。近俗。(“西陆蝉声唱，南冠客思侵。那堪玄鬓影，来对白头吟。露重飞难进，风多响易沉。无人信高洁，谁为表余心。”）字谜——寓意——“兴比说”之谬。

佳句——《冬日野望》：“故人无与晤，安步陟山椒。”——阮大铖诗：“寒山何可陟，落叶满空林。”

《帝京篇》《畴昔篇》。

刘希夷

传略：

一名庭芝，汝州人（一曰字廷芝，颍川人）——上元二年擢进士第，年二十五——宋之问甥，然年长于之问——美姿容，好谈笑，善弹琵琶，饮酒至数斗不醉，落魄不拘常检——死。(《大唐新语》：“为奸人所杀。或云宋之问害之。”《刘宾客嘉话录》正载之问杀希夷事。《旧·文苑·乔知之传》：“志行不修，为奸人所杀。”)

著作：

集十卷，见《新书·艺文志》《唐才子传》。(《旧志》作三卷，误。)诗四卷。《全唐诗》一卷。

杂论：

继卢、骆之统系而变其体。(哀怨与古调二端是其所变。)

《大唐新语》："好为宫体诗，词旨悲苦，不为时人所重。"《唐才子传》一："特善闺帷之作，词情哀怨，多依古调，体势不与时合，遂不为所重。"《旧书·文苑·乔知之传》："善为从军闺情之诗，词调哀苦，为时人所重。"(案"为"上疑脱"不"字)

孙昱之推扬——昱撰《正声集》，以希夷诗为集中之最，由是大为时人所称。

《代悲白头吟》与宋之问的故事不实：(1) 既不为时人所重，之问何须夺之？(2) 与之问派别不同，之问未必赏此。(3) 借句风气中唐时始盛。(4) 因夺句不遂而杀人，不近情理。(5) 说部大半不可信。(6) 与灵隐续诗事同一心理，皆意在诬之问。

佳句——"鱼鳞可怜紫，鸭毛自然碧。"(《秋日题汝阳潭壁》)设色自然，不假雕琢，可以作刘诗赞语。王士祯所赏。其咏竹有句云："冉冉紫云盖，翻翻红鹊尾。"自谓不减刘语。然田霡句："柔蓝浮野岸，澹墨上春鳞。"（《渔洋诗话》引）似胜王一筹。

《公子行》全似卢、骆。

张若虚

传略：

扬州人——官止兖州兵曹——神龙中，苏味道、崔融、王无竞卒，杜审言、沈佺期、宋之问贬，吴越诸诗人（贺知章、贺朝、万齐融、邢巨、张旭、包融等）咸在京师，声名籍甚——吴中四士（贺知章、包融、张旭及若虚）。

作品：

存诗二首。

《春江花月夜》——

学《西洲曲》："忆梅下西洲，折梅寄江北。单衫杏子红，双鬓鸦雏色。西洲在何处，两桨桥头渡。日暮伯劳飞，风吹乌桕树。树下即门前，门中露翠钿。开门郎不至，出门采红莲。采莲南塘秋，莲花过人头。低头弄莲子，莲子青如水。置莲怀袖中，莲心彻底红。忆郎郎不至，仰首望飞鸿。飞鸿满西洲，望郎上青楼。楼高望不见，尽日栏干头。栏干十二曲，垂手明如玉。卷帘天自高，海水摇空绿，海水梦悠悠，君愁我亦愁。南风知我意，吹梦到西洲。”（沈德潜曰：“似绝句数首，攒簇而成，乐府中文生一体。初唐张若虚、刘希夷七言古，发源于此。”又曰：“续续相生，连跗接萼，摇曳无穷，情味愈出。”案刘、张七古，不但句法似，情调尤似。）

宫体诗的顶峰：王闿运曰：孤篇横绝，遂成大家。

作于湖南：青枫浦，潇湘。

王勃

传略：

字子安，绩之从孙——九岁作《汉书指瑕》——与兄勔、勮皆有才藻，杜易简称为“三家三珠树”——十四对策高第——十七举幽素科——沛王府侍读，因《檄周王鸡》文被斥——客剑南——虢州参军，匿杀官奴，事发当诛，会赦，父坐贬交趾令——上元二年省父，过南昌作《滕王阁序》——渡南海，堕水死，年二十八。

“腹稿”——“心织笔耕”——勔、勮、勃、助、劼、劝皆有才名。

著作：

集三十卷。（蒋清翊《王子安集注》二十卷，罗振玉辑《王子安集佚文》一卷）《舟中纂序》五卷。（《新志》）《周易发挥》五卷。（《旧志》、杨《序》《新志》、新旧《传》）《次论语》十卷。（《旧传》《旧志》《新志》、杨《序》）《大唐千岁历》，卷亡。（《封氏闻见记》《旧传》《新志》）《黄帝八十一难经注》。（杨《序》）合论十编。（杨《序》）——《全唐诗》二卷。

评论：

遗传。

作风——

雍雅——完整（炼章不炼句）——气（情）——“官知止而神欲行”——悲苦。

杨炯

传略：

华阴人——伯祖虔威，武德中右卫将军——十二举神童——崇文馆学士——梓州司法参军——盈川令，严酷。府舍亭台，皆书榜额，为之美名（好名）——倨傲（麒麟楦）——“惟子坚刚，气陵秋霜，行不苟合，言不苟忘。”

（宋之问《祭杨盈川文》）“材勿骄吝，政勿苛烦，明神是福，而小人无冤。畏其不[1]畏，存其不存。作诰兹酒，成败之根；勒铭其口，祸福之门。”（张说《赠杨盈川炯箴》）

著作：

集三十卷。（今存十卷）《大象赋》一卷。

评论：

张说曰：“杨盈川文思如悬河注水，酌之不竭。”

雄健——杜诗：“或看翡翠兰苕上，未掣鲸鱼碧海中。”

王、杨——皎然《诗式》：“要力全而不苦涩，要气足而不怒张。”王力全，杨气足，王不苦涩，杨近怒张。故杨似逊王一间。

杜审言

传略：

字必简，京兆人。（本集《登襄阳城》曰“旅客三秋至”，《春日怀归》曰“桑梓忆秦川”，知襄阳为审言旧望。其居则在长安杜陵也。《唐才子传》云“京兆人”，是也。）——进士登第——隰城（后改西河，即今山西汾

① 原稿“其不”二字处是以方格空出，此据中华书局影印本《全唐文》填入“其不”二字。

阳县治[①]）尉——自洛阳丞贬吉州司户参军，被周季重、郭若讷诬构系狱。子并杀季重报仇，（年十三）审言因免官还东都——著作佐郎——膳部员外郎——坐张易之党流峰州（在今安南北境）——越三年，归为国子监主簿，加修文馆直学士，其年卒。

著作：

集十卷。《全唐诗》编（四十三首）诗一卷。

杂事：

狂放——试判出曰“苏味道必死”——病中对宋之问、武平一言“造化小儿相苦”，又曰：“吾在久压公等，今且死，固大慰，但恨不见替人。”——为崔融服缌麻。

工书翰——“吾文章当得屈、宋作衙官，吾笔当得王羲之北面。”

“文章四友”——崔、杜、苏、李。

评论：

“言必得俊，意常通理。其含润也，若和风吹曙，（‘云霞出海曙’‘晴光转绿蘋’。）摇露气于春林；其秉艳也，似凉雨半晴。（《夏日过郑七山斋》：‘日气含残雨。’）

① 今山西汾阳市。

悬日光于秋水。众辙同遵者摈落，群心不际者探拟。”（宋之问《祭杜审言文》）

继王、杨而起，雄厚之中，又加深微。

宋之问

传略：

字延清，一名少连，虢州弘农人（故城在今河南灵宝县[①]南四十里），一说汾州人。（《新书》。陈子昂《昭夷子赵氏碣》称“西河宋之问”。案西河即今山西汾阳。《新书》云之问汾州人，盖得其实。《元和姓纂》作弘农人。）——父令文，文词、书翰、勇力称三绝，之问、之悌、之悊各得其一——之问伟仪貌，雄于辩——进士登第——洛阳参军——后坐张易之党贬泷州（故城在今广东罗定县[②]东一百里）参军，逃归洛阳，匿张仲之家。会武三思复用事，阴图篡夺。仲之等谋杀三思，之问令人告密，因丐赎罪，擢鸿胪主簿——初事太平，及安乐用事，又事安乐。太平因发其知贡举时赃事，贬越州长史——睿宗即位，流钦州。先天中赐死桂州——秽名：捧张易之溺器。

① 今河南灵宝市。
② 今广东罗定市。

(据《朝野佥载》记载，张岌伏薛怀义马旁承之上镫，郭霸尝来俊目粪。) 恐不实。(弟之恐为三思“五狗”之一。)

“口过”事见《本事诗》。夺刘希夷句事见《刘宾客嘉话》。

著作：

集十卷，(《全唐诗》编诗三卷，补遗二首。) 预修《三教珠英》。

杂事：

典选引拔多知名之士——武后游龙门，赋诗夺锦袍——工书。(韦续《续书品》真行二十二人有之问。)

评论：

张说称其文“如良金美玉，无施不可”(见《大唐新语》)。

沈佺期

传略：

字云卿，相州内黄（今河南内黄县）人——及进士第——累迁考功员外郎——坐张易之党流驩州（在今安南北部）——稍迁台州录事参军——神龙三年入为起居郎——终太子少詹事。

著作：

集十卷，(《全唐诗》编诗三卷。)预修《道藏音义目录》一百十三卷。

评论：

“杜审言浑厚有余，宋之问精工不足[1]。沈佺期吞吐含芳，安详合度，亭亭整整，喁喁叮叮，觉其句自能言，字自能语，品之所以为美。苏、李法有余闲，材之不逮远矣。”(陆时雍《诗镜总论》)

李峤

字巨山，赵州赞皇（今河北赞皇县）人——擢进士第——圣历、长安、神龙时三入相——“文章宿老”。

集五十卷，(《全唐诗》编诗五卷。)《杂咏诗》十二卷，《军谋前鉴》十卷。

苏味道

赵州栾城（故城在今河北栾城县[2]北）人——擢进士

① 中华书局1983年版丁福保辑《历代诗话续编》本“足”作“乏”。

② 今河北栾城区。

第——延载、圣历时两入相——或云味道刺眉，一子居焉，即东坡之远祖——“模棱手”。

集十五卷。《全唐诗》编诗一卷（十五首）。

王无竞

字仲烈，东莱（今山东掖县[①]）人——家足于财，负气豪纵，与陈子昂交最厚——坐张易之党，贬广州，仇家矫制搒杀之。

集不传。（《全唐诗》五首。）预修《三教珠英》。

上官婉儿

祖仪。父庭芝伏诛，母郑氏配入掖庭——忤则天，黥面——圣历以后，参决表奏。中宗即位，命掌制命——拜昭容（皇后下有四妃，号夫人；夫人下有九嫔，昭容为九嫔之一），通武三思、崔湜——劝帝广置昭文学士。薛稷、宋之问、杜审言、沈佺期、苏颋、李峤等咸属焉。（大学士：李峤、宗楚客。学士：刘宪、崔湜、岑羲、郑愔、李适、卢藏用、李义、刘子元、赵彦昭、苏

① 今山东莱州市。

颋、沈佺期。直学士：薛稷、马怀素、宋之问、武平一、杜审言。）——赐游宴，赋诗，代帝后、长宁、安乐二公主，众篇并作。又差第群臣甲乙——帝即婉儿第宅，筑园林，赐宴其间。

集二十卷，今存诗三十二首。

张说《上官昭容集序》。《新书》本传："当时属辞者，大抵虽浮靡，然所得皆有可观，婉儿力也。"

张说

字道济，一字说之。洛阳人——相玄宗——"燕公"——敦气义，重然诺，喜延纳后进。

集三十卷。（今二十五卷）《全唐诗》五卷——谪岳州后，诗益凄婉，人谓得江山之助——"燕许大手笔"（凄婉是其本色，非但谪岳州后始然）——功在提倡——《洪崖先生传》一卷，《才命论》一卷，并佚。张九龄、王翰、韦述、孙逖、王湾，皆说所擢引。（孟浩然？）

（试帖典型之建立者。）[①]

---

① 括号内文字为原稿眉批。

郭元振

名震，以字行。魏州贵乡（故城在今河北大名县东）人——长七尺，美须髯，任侠使气——进士第，通泉尉——召见，上《宝剑篇》——凉州都督——安西大都护——相睿宗、玄宗——“代公”。

集二十卷，（《全唐诗》一卷）《九谏书》一卷，又《定远安邦策》三卷，并佚。

韦承庆

字延休，郑州阳武（今河南阳武县）人——举进士第——相武后——与弟嗣立以学行齐名。（嗣立有句云：“岭云随马足，山鸟向人前。”）

集六十卷。（存诗七首）——不以诗名，而诸篇似大历高手。

贺知章

字季真，明州（故城在今浙江鄞县[1]南）人——晋人

① 今浙江省宁波市鄞州区。

风度（清谈、旷达）——进士第——秘书监——致仕为道士——“四明狂客”——善书（行草）。

集卷佚，《贺秘监遗书》，冯贞群、张寿镛同编。（在《四明丛书》内）《全唐诗》一卷。（十九首，续补一首）《会稽洞记》一卷，《入道表》一卷，《归乡集》（诗）一卷，并亡。

王諲

进士第——官右补阙——存诗六首。

韦述

京兆人——进士第——家藏书甚富——书府四十年，史职二十年——累迁工部尚书——陷贼，流渝州卒。

《唐春秋》三十卷，《御史台记》十卷，《集贤注记》一卷，《集贤书目》一卷，《开元谱》二十卷，《两京新记》五卷，《两京道里记》三卷。集不传。存诗四首。

薛稷

字嗣通，汾阴人。道衡曾孙，魏徵外甥——进士第——昭文馆学士——终太子少保——工书画。

集三十卷。存诗十四首，文六首。

陈子昂

传略：

字伯玉，梓州射洪人——家富——好博弋，尚气——买胡琴，进士第——从刘敬同征突厥——右拾遗，从武攸宜讨契丹——谢病归家，县令段简诬系，死狱中，年四十二。（杜甫《送梓州李使君》：“遇害陈公殒，于今蜀道怜。君行射洪县，为我一潸然。”）

著作：

集十卷（《全唐诗》编诗二卷）——赵儋《碑》云有《正声集》十卷。（赵云：“拾遗之文，四海之内家藏一本。”）

《与东方虬书》：“文章道弊五百年矣。汉魏风骨，晋宋莫传，然而文献有可征者。仆尝暇时观齐梁间诗，彩丽竞繁，而兴寄都绝，每以永叹。思古人，常恐逶迤颓靡，风雅不作，以耿耿也。”

《上薛令文章启》：“某实鄙能，未窥作者，斐然狂简。虽有劳人之歌，怅尔咏怀，曾无阮籍之思。徒恨迹荒淫丽，名陷俳优，长为童子之群，无望壮夫之列。”

赵儋《旌德碑颂》自注：“嗟呼！道不可合，运不可谐，遂放言于《感遇》，亦阮公之《咏怀》。已而已而，陈公之微意在斯。”

《感遇》：“云海方荡潏，孤鳞安得宁。”“群物从大化，孤英将奈何。”“溟海皆震荡，孤凤其如何。”

批评：

《唐书》本传赞：“荐圭璧于房闼，以脂泽污漫之。”

《四库提要》：“譬诸荡姬佚女，以色艺冠一世，而不可以礼法绳之者也。”

卢藏用《序》：“道丧五百岁而得陈君。”

韩愈《荐士诗》：“国朝盛文章，子昂始高蹈。”

杜甫《过陈拾遗故宅》：“位下何足伤，所贵者圣贤。”“同游英俊人，多秉辅佐权。”“终古立忠义，《感遇》有遗篇。”《冬到金华山观》：“陈公读书堂，石柱仄青苔。悲风为我起，激烈伤雄才。”

王士祯《香祖笔记》比之扬雄，陈沆《诗比兴笺》比之阮籍。

（赵执信讥王士祯语：诗特传舍，而字句为过客。）

王夫之《唐诗评选》：“历下谓‘子昂以其古诗为古诗，非古也’。若非古而犹然为诗，亦何妨。风以世移，正字《感遇》诗似诵、似说、似狱词、似讲义，仍不复似诗，何有于古？故曰五言古诗自是而亡。”

李攀龙《选唐诗序》："唐无五言古诗而有其古诗。"

刘熙载《艺概》："曲江之《感遇》出于《骚》，射洪之《感遇》出于《庄》，缠绵超旷，各有独至。"案：钟惺曰："正字深奇，曲江淹密。"

张九龄

字子寿，韶州曲江人——进士第——开元时入相——张说所擢引，又与通谱系。

同游诗人——孟浩然、綦毋潜、王昌龄、王维、钱起、包融、卢象。

集二十卷。(《全唐诗》三卷。)

杂论——有意学陈子昂。

薛奇章（一作童）

大理司直。(见《国秀集》中) 存诗七首。(内一首一作崔国辅诗)

王翰

字子羽，并州晋阳人——进士第——张说所拔——自仙州别驾贬道州司马，卒——豪纵——工书。

集十卷。（存诗十五首。）

盛唐（七一〇——七五五）

睿宗、玄宗两朝，凡四十五年，自睿宗景云元年至玄宗天宝十四载。

分三派：

（一）王维——佛，自然派。（孟浩然、储光羲、刘昚虚、常建、綦毋潜、崔国辅、丘为、卢象。）

（二）李白——道，纵横派。（李颀、王之涣、王昌龄、陶翰、高适、岑参、崔颢、崔曙。此派多长七言诸体。最新之发展。在时代的尖端上。音乐观念。近自然语调。最演化的。最人性的。北方的少年精神。）

（三）杜甫——儒，社会派。（沈千运、孟云卿、元结。）

（王、李、杜三家实不宜列入某派，以其作品方面甚多，不主一体。兹以为三派之代表者，是就特殊点言之。）

前二派为主潮，后一家为前二者之反响，故其兴起较晚。

张九龄被李林甫排挤后，（《九龄传》：李林甫无学术，见九龄文雅为帝知，内忌之，乃引牛仙客知政事，九龄遂罢——开元二十四年。）无复诗人为冢宰，（以前上官仪、李峤、苏味道、韦承庆、郭元振、张说、苏颋、张九龄等皆宰相。）居台省右职者亦绝少——以前之文学犹是文藻，乃现实生活之工具，以后方是真文学，乃啬于现实生活者之苦闷的象征——前者是帮闲的，后者是追偿的。

第一派否认现实因追求失望而消极。

第二派追求现实。

第三派整顿现实，因追求失望而谋整顿。

（盛极即衰的开端——循环悲剧顶点，自开国至开元六年一百年，至天宝之乱一百三十七年。天宝十三载户部奏户口之数为唐代之极盛。）

物质因素：天宝六载，李林甫建议诏天下通一艺者诣京师，下尚书省试，皆下之。杜甫、元结并下第。元结《谕友》曰："天宝丁亥中，诏征天下士有一艺者，皆得诣京师就选。晋公林甫以草野之士猥多，恐泄露当时之机，议于朝廷曰：举人多卑贱愚聩，不识礼度，恐有俚言，污浊圣听。于是奏待制者悉令尚书长官考试，御史中丞监之。试如常例[1]。已而布衣之士，无有第者。

①《全唐文》"例"作"吏"，并有注云："如吏部试诗赋论策。"

送[①]表贺人主，以为野无遗贤。”杜诗：“纨绔不饿死，儒冠多误身。”“朝叩富儿门，暮随肥马尘。残杯与冷炙，到处潜悲辛。”——市侩与文士的斗争，夺取都市。

向边塞发展，向山林退却，谋改造现状。（针砭、讽刺、怜悯、诅骂。）

划分时代的困难：

宫体余习犹存，与初唐无明确之分界。模仿乐府亦初唐之风。

大历诸子乃王维之正统。社会派天宝乱后始发展。（此派或可延入中唐。）

就大体言，盛唐乃初唐之顶点——延续初唐之直线，天宝乱后始折转方向。

本期之特点：

纵横派最重要——道家影响——魏晋以来反抗儒家之余波——唐尊道教是果非因。

形上（系）——近佛（庄）。

形下（系）——颓废、烧炼丹汞、享乐、旷达、浪漫、生活带戏剧性、功名、任侠、冒险、爱自然、爱艺

① 《全唐文》“送”作“遂”。

术、无道德观念、有信义而无理智。（老）

成就——较六朝更有生气。（游侠风之追想——实践，宫体——宫怨。）

种族的因素：

异族——蛮性。（唐室、李白。）

至杜甫——浪子还家，放纵后的忏悔，王、孟彻悟。

建安模拟汉（中原）乐府，开元模拟南朝乐府。

（先天元年：孟浩然二十四、李颀二十三、王昌龄十五（?）、綦毋潜二十一、王之涣十八、崔国辅十六、陶翰十二、高适十一、崔颢、刘眘虚、崔曙九、储光羲六（?）、常建五（?）、祖咏十四、卢象十五。）

盛唐四对角：
- 储——岑
- 孟——王（昌龄）
- 沈——李（白）
- 杜——王（维）

李白

传略：

本西域条支人，长安元年（七〇一）五岁，随父来居绵州昌隆县（今四川彰明县[①]），改姓李，名白，字太白。（按范《碑》曰："神龙初潜还广汉。"刘《碣》曰：君广汉人。而魏《序》曰：因家于绵。宋人多据杜诗"匡山读书处"在昌明县，属绵州，定白为绵州昌隆人。《新书》又云：还客巴西。——巴西亦属绵州。案：绵州广汉，汉郡地，称广汉者，著其旧望也。）开元十三年出蜀，（时二十六七）循江历游，至扬州。十六年至云梦，娶许氏（许圉师孙女）。二十三年游太原，已而去之齐鲁，寓居任城。（"竹溪六逸"之游在此时。）天宝元年游会稽，以吴筠荐，召至京师。遇贺知章，复荐之。玄宗命供奉翰林院。天宝三载，因高力士、张垍谗，赐金放还。遇杜甫于东都，与甫及高适游梁宋。四载归兖州。（时家在兖。）杜甫同至。间至齐州。从高尊师（如贵）受道箓。晚岁甫西归，白亦南游江东。五年，复在齐州（济南郡）。此后客居大梁至十三载。又游广陵、江宁、宣城。至德元载，自宣城入庐山。永王璘引师东下，胁以偕行。二载，璘兵败，白走彭泽，被系浔阳狱。崔涣、宋若思为之推覆清雪，被释。乾元元年，长流夜郎。二

① 今四川省江油市南部。

年，入峡，遇赦，还憩江夏。上元元年，年六十，至江左。二年，游金陵，往来宣城、历阳间。宝应元年，李阳冰为当涂令。往依之。十一月卒，年六十二。

乐府——

继承齐梁：(《吴声歌》《西曲歌》。)

仿乐府：（一）《长干行》（长调）。（二）《玉阶怨》《渌水曲》（小歌）。

变乐府：（一）《塞下曲》《紫骝马》《关山月》（以五律变乐府）。（二）《登金陵凤凰台》（以七律变乐府）。

超过齐梁：（《独漉篇》："独漉独漉，水深泥浊。泥浊尚可，水深杀我。雍雍双雁，游戏田畔。我欲射雁，念子孤散。翩翩浮萍，得风摇轻。我心何合，与之同并。空床低帏，谁知无人。夜衣锦绣，谁别伪真？刀鸣鞘中，倚床无施。父冤不报，欲活何为！猛虎斑斑，游戏山间。虎欲啮人，不避豪贤。"）

四言：《独漉篇》《来日大难》。(《善哉行》："来日大难，口燥唇干。今日相乐，皆当喜欢。经历名山，芝草翻翻。仙人王乔，奉药一丸。自惜袖短，内手知寒。惭无灵辄，以报赵宣。月没参横，北斗阑干。亲交在门，饥不及餐。欢日尚少，戚日苦多。以何忘忧，弹筝酒歌。

淮南八公，要道不烦。参驾六龙，游戏云端。”）

骚体：《梦游天姥吟留别》《日出入行》《蜀道难》。

李颀

传略：

宋州人（《唐音》），一说河南颍阳人。（本集《与诸公游济渎泛舟》诗曰：“我本家颍北，开门见维嵩。”颍北盖即颍阳。又有《不调归东川别业》诗，东川所在未详。崔曙有《颍阳东溪怀古》诗，东川殆即东溪乎？《唐诗品汇》作东川人，盖即据前诗，非别有所本。《唐诗粹选》又云洛阳人。）开元十三年进士第，终新乡尉。（卫州新乡县旧属河南卫辉府，《国秀集》天宝三载编称“新乡尉李颀”。《河岳英灵集》十二载编云：“惜其伟才，只到黄绶。”《放歌行》：“小来好文耻学武，世上功名不解取。虽沾寸禄已后时，徒欲出身事明主。……由是蹉跎一老夫，养鸡牧豖东城隅。”《留别王、卢二拾遗》。）

集一卷。（《全唐诗》三卷。佚句一则。《千载佳句》引颀《归至旧任酬袁赞府见赠》曰：“已路千山秋水上，江村独树夕阳时。”）

道家：

王维《赠李颀》诗。本集《寄焦炼师》《谒张果先生》《题卢道士房》《王母歌》《送王道士还山》《送暨道士还玉清观》。

交游：

万齐融、张旭、刘方平、綦毋潜、高适、张諲、王昌龄、崔颢、梁锽、康洽、陈章甫、房琯、卢象、王维、魏万、裴迪、皇甫曾。

位下名高：

《放歌行答从弟墨卿》："徒尔当年声籍籍，滥作词林两京客。"

白居易《放言》诗序，称其"济水自清河自浊，周公大圣接舆狂"（《杂兴》）之句。案：与"大道本无我，青春长与君"（《送暨道士还玉清观》），皆似太白。

高适

传略：

字达夫，渤海蓨人（今河北景县境）——少濩落，不治生产。（李颀《赠别高三十五》："五十无产业，心轻百万资。屠酤亦与群，不问君是谁。饮酒或垂钓，狂歌兼咏诗。”）家贫，客梁、宋间，以求丐取给（天宝三载与李、杜同游梁、宋）——天宝八载举有道科，中第，调封丘尉——去客河西，哥舒翰辟为掌书记——十四载，拜左拾遗，转监察御史，佐翰守潼关——至德元载，玄宗幸蜀，间道从之——永王璘反，适除扬州长史、淮南节度使，（八年之间自布衣至节度使）诏与他军合讨之。方济师而王败——二载，因李辅国谮，下除太子少詹事——乾元元年，出刺彭州——上元元年，迁蜀州，代崔光远为西川节度使——宝应元年，代严武为成都尹——广德元年，御吐蕃无功，亡松、维二州——二年，召还为刑部侍郎、左散骑常侍——永泰元年正月卒，年六十六。

著作：

集二十卷。（今存十卷。《全唐诗》四卷。）

“五十始为诗”之说不确。《诗话类编》载适为两浙观察，过杭之清风岭僧院，题诗曰：“前峰月落一江水，僧在翠微开竹房。”后欲改“一”为“半”，僧言骆宾王已言之。案此说最妄，《渔洋诗话》已辨之。诗乃晚唐任翻所作也。又《全诗》所收《听张立本女吟》一绝，据《太平广记》，乃高锴《暮中狐妖》诗，《提要》已辨之。其亦出于晚唐人无疑。

事迹：

杜甫诗："高生跨鞍马，有似幽并儿。"——性豪放，尚节义，以功名自许，好语王霸，而言浮其术。(《塞上》："常怀感激心，愿效纵横谟。倚剑欲谁语，关河空郁纡。")

评论：

殷璠称其诗"多胸臆语，兼有骨气"，最爱其"未知肝胆向谁是，令人却忆平原君"之句。

陆时雍曰："调响气佚，颇得纵横。"

刘熙载曰："体或近似初唐，而魄力雄毅，自不可及。"管世铭曰："高常侍豪宕感激，岑嘉州创辟经奇。各有'建大将旗鼓出井陉'之意。"

《宣和画谱》引司空图《赠米》逸句曰："看师逸迹两师宜，高适歌行李白诗。"

王之涣

陶翰

崔颢

崔曙

王昌龄

传略：

字少伯，京兆人（引《旧·文苑·陆据传》云：“京兆王昌龄。”本集《郑县宿陶太公馆中赠冯六元二》曰“本家蓝田下”，《别李浦之京》曰“故园今在灞陵西”。是昌龄乃京兆人之确证。《河岳英灵集》作太原人，称其郡望也。《新书·文艺·孟浩然传》作江宁人，则因昌龄尝宦江宁而误。岑参《送许子擢第归江宁拜亲因寄王大昌龄》曰：“王兄尚谪宦。”昌龄果为江宁人，恐不得云“谪宦”也。《博异志》又称琅邪王昌龄，亦书郡望之例。）——开元十五年登进士第，授汜水尉。十九年中博学宏词科，迁校书郎（见《国秀集》。《新书》作秘书郎，误。余详事迹考证。）——以不护细行谪江宁丞。（《唐才子传》作令，误。）再贬龙标尉。（今湖南黔阳县[①]。《沅志》引昌龄佚诗：“昨从金陵邑，远谪江沅滨。”[②]）天

---

① 今湖南洪江市。

②《全唐诗》卷一百四十三“江沅滨”作“沅溪滨”。

宝乱作，还乡里，为濠州刺史闾丘晓所杀。至德二载，张镐按军河南，晓衍期，将戮之，辞以亲老，乞恕。镐曰："王昌龄亲欲与谁养?"竟杖杀之。

著作：

诗集五卷。(《全唐诗》编四卷。)《诗格》一卷。(《唐才子传》："又述作诗格律、境思、体例共十四篇，为《诗格》一卷。"日本释空海《性灵集》亦作一卷。《新志》作二卷，误。原书今佚。空海《文镜秘府论》引数事。)《诗中密旨》一卷。(佚)《乐府古今题解》三卷。(《新志》一作郗昂。《唐才子传》作《古乐府解题》一卷。佚。)

评论：

"诗家夫子王江宁。"(夫一作天。)

《旧·文苑传》："绪微而思清。"

《诗镜总论》："王昌龄多意而多用之，李太白寡意而寡用之。昌龄得之椎练，太白出于自然。然而昌龄之意象深矣。"同上："难之奇有曲涧层峦之致，易之妙有舒云流水之情。王昌龄绝句，难中之难；李青莲歌行，易中之易。难而苦为长吉，易而脱为乐天，则无取焉。"

按王昌龄当与孟浩然对比，太白犹有难时，襄阳则无一语不易也。

岑参

传略：

荆州江陵人。曾祖文本，伯祖长倩，伯父羲，并宰相。父植，终晋州刺史——少孤贫。天宝三载登进士第——八载至十载佐安西节度高仙芝幕——十三载至至德元载佐安西节度封常清幕——二载杜甫等荐为左[①]补阙——乾元二年至上元二年为虢州长史——宝应元年至永泰元年，祠部考功员外郎，虞部库部郎中——大历元年至五年，在蜀，佐杜鸿渐幕，为嘉州刺史。卒。年五十六。

著作：

集八卷。（《全唐诗》四卷。杜《序》、李归一《王屋山志》并云八卷。《新志》《唐才子传》作十卷，恐误。）续补八首。（见敦煌残卷。）——文。（《感旧赋》《招北

---

① 中华书局1987年版傅璇琮主编《唐才子传校笺》“岑参”条云：“左字误，应作右。”闻一多《岑嘉州系年考证》“至德二载”条：杜序云“入为右铺阙”。

客文》。）

评论：

杜确《序》："迥拔孤秀，出于常情。"又云："时议拟公于吴均、何逊。"

《放翁题跋》："予自少时，绝好岑嘉州诗。往在山中，每醉归，倚胡床睡，辄令儿曹诵之，至酒醒或睡熟乃已。尝以为太白、子美之后一人而已。"

殷璠："语多体峻，意亦新远。"

多案：岑诗劲骨奇翼，如霜天一鹗。（《岘佣说诗》语。）说者以为久历边塞使然。余谓其系出异族，（《朝野佥载》载《京中谣》曰："岑羲獠子后。"今苗族犹多岑姓。）好险务奇，是其天性。纵观盛唐诸公，惟此君与太白气体桀骜，迥异时流。说者以高、岑并称，乃皮相耳。（高与李东川最近。）

诗的唐朝*

“落红不是无情物，化作春泥更护花。”六代的“落红”到唐初已化作一团污秽的“春泥”，但更灿烂的第二度春“花”——盛唐，也快出现了。

江左余风、徐陵——王绩，庙堂与宫禁，《玉台后集》，类书与诗。

庾信——四杰。

盛唐前夕杜、沈、宋、陈子昂、张说、张九龄，《丹阳集》。

诗化的人格与选举制度的会合——以诗取士。

社会力量变成政治力量，造成唐诗之发达：好诗多

* 本文属提纲性质，据湖北人民出版社1993年版《闻一多全集》所载整理稿校订。

在唐，诗之内容与形式至唐至备，宋诗亦备于唐（自古诗只两种：唐、宋）。

进士：唐代文化即进士文化。(政治与文学。)

诗的教育，教育即学诗。(宗教、癖狂。)

诗才的最大限度之发展。

全面生活的诗化（诗的生活化，生活的诗化）。几乎凡用文字处与夫不须文字处皆用诗：生活的记录——日记，生活的装潢——应酬——社交，生活的消遣——游戏——联句、集句、回文、诗钟、诗令、赌博=律诗。

中国批评多论技巧，不及思想，与西方观念大异：

西——心灵秘密、思想、内容、性情、严肃、感情的激荡与冲突、戏剧。

中——门面套头、言语、形式、才华、闲雅、感情的排除与解脱（移情、忘情）、音乐。

中西出发点之异：

西——文化事业一部门、教世、改造社会、入世、积极。

中——业余的消闲（最重隐逸）、遗世（终南捷径）、调和社会、出世、以消极为积极。

西方基本态度近儒家。

中国，儒家之反。

反极又趋于正。阮籍、陈子昂道家而严肃，元结《箧中集》。

杜甫复归于儒。诗的儒化。

王绩[①]

靠近汾水入河处，约当今山西河津县[②]南三十里，在隋时，有个地方名万春乡，在乡中的甘泽里，住着一家姓王的望族。王隆在开皇初，曾以国子博士待诏云龙门，留在京师多年，未被录用。后来补过几次县令的缺，感着没有意思，便在最后一任铜川县满秩后，还乡归隐了。隋末大儒文中子王通，和隐逸诗人东皋子王绩，是这位王府君的七个儿子中最著名的两个。

王绩，《唐才子传》列第一，不列魏徵。

无大影响。

中唐始著——韩愈、刘禹锡、卢仝、刘义。

因态度与时人大异：

① 原稿另有关于“王绩”“韩愈”“李白”三人的几段文字，“李白”未录。

② 今山西河津市。

华贵（雅）。疏野（俗）。

论作风与初唐格格不入，志尚亦不愿归唐。但与隋亦不合。

然重要作品隋亡以后所作。

唐初五十年，实质上乃江左余风，与唐无涉。在此中，王绩不但不属唐，且不属隋。

从高祖受禅（六一八）到武后初决政事（六六四），将近五十年间，在文学史上可说还没有唐朝。像虞世南、李百药、许敬宗、杨师道、陈子良、崔信明……这类名字，在文学史上究竟该划归陈、隋，还是唐，都是问题。历来就政治观点，因这些人都归唐了，便算作唐人，倒是一个解决的方法。但是王绩则不然。虽迫于生活，做过几次唐朝的小官，心里却始终怀着反唐的情绪。唐史把他列入“隐逸传”，是对的。《唐才子传》请他坐全唐诗人的首席，尊崇了诗人，却冤枉了遗老。政治节操是我们国人一向重视的。即便在今天，而且是在谈文学史，这点政治道德的传统观念还是不应该抹杀的。总之，我们为了习惯的关系，讲唐代文学更仍然不能不讲王绩。但我们要声明，这回在唐代文学史中讲王绩，是用一种追述唐前大势的态度来讲他。换言之，在形式上我们把他算作了一个唐人，在精神上却没有如此。正如他自己虽不愿为唐代的臣民，而实际在李家日月中活了二十几年，并且还喝了他们门下省和太乐署的不少官酒。

韩愈

苏轼《潮州修韩文公庙记》曰："自东汉以来，道丧文弊。……历唐贞观、开元之盛，辅以房、杜、姚、宋而不能救。独韩文公，……文起八代之衰。"依他的意见，自东汉以后，魏、晋、宋、齐、梁、陈、隋皆是中国文学史上的衰颓时期。

清阮元力反其说。其《揅经室三集》《文言说》《书文选叙后》等篇推尊八代，至谓韩、苏诸家奇偶相生之体，乃经也、史也、子也，不能目之为文。

甚至有人说："八代之文衰于韩愈。"

这两种极端的意见，谁是谁非，我们先不必管。从东汉至隋，这八代文学自成一段落，至韩氏而大变，这却是事实。

实则八代尚装饰，以后尚表现，二者皆必然经过的阶段。阮氏之说，亦时世使然。

唐诗校读法举例*

《全唐诗》一书编得最草率，其间错误百出，几乎触目皆是。比方将甲诗混入乙集中，便是一个常见的例子。这种例子由已被发现的推测起来，未被发现的想必还有不少。最好能寻出若干构成错误的公式来，凭着公式去检验全书，问题便容易解决得多了。以下是我所拟定的公式之一种：

甲集附载乙诗，其题下的署名并入题中，因而误为甲诗。

唐人诗集中，凡遇有与旁人唱和的题，往往将那人的诗也收入集中，附在本诗的前面或后面。例如（一）《昌黎先生集·月蚀诗效玉川子作》的前面便载有卢仝的原作《月蚀诗》；（二）《窦氏联珠集·奉寄辰州房使君郎

* 本文原载《文哲月刊》第一卷第五期。

中》的后面也附有房复孺的《酬窦大闲居见寄》。它们的标题与署名的款式如下：

（一）月蚀诗　　卢仝

（二）酬窦大闲居见寄　　辰州刺史房复孺

这种款式，一碰到粗疏或无知识的钞胥手里，而变成

（一）月蚀诗卢仝

（二）酬窦大闲居见寄辰州刺史房复孺

是极可能的。署名既躲入题中，变成题的一部分，在形式上（一）便当然地变成韩愈的诗，（二）便变成窦常的诗了。但是实际上《月蚀诗卢仝》或《酬窦大闲居见寄辰州刺史房复孺》都讲不通，所以写录时纵会发生这种混乱，稍有知识的读者定会马上察觉而加以纠正。假如在另一种情形之下，把作者的名衔提上并入题中，而不幸读起来仍旧通顺，那就危险了。这类不幸的事件，就我所注意到的，现在已经有了五起。分别说明之如下。

（一）钱起诗误入王维集一例

下诗见《全唐诗》卷五第十五页[①]王维集，依原式录之。

留别钱起〔英华题云晚归蓝田酬中书常舍人赠别或作钱起诗题云晚归蓝田酬王给事"赠别"（二字从本书钱起集补）〕

卑栖却得性，每与白云归。徇禄仍怀桔，看山免采薇。（钱起集作：别山如昨日，春露已沾衣。采蕨频盈手，看花空厌归。）暮禽先去马，新月待开扉。霄汉时回首，知音青琐闱。

卷九第十二页钱起集亦载此诗。依词意看去，绝不是王维作的。诗曰"卑栖却得性"，又曰"霄汉时回首，知音青锁闱"，分明是一个后进求助于先达的口气。王维年纪比钱起大，官比他高，这诗若果是王维为留别钱起而作的，岂非先达求助于后进？万无此理。再说，若依《文苑英华》题作《晚归蓝田酬中书常舍人赠别》，那就更不能说是王维的诗了。因为常舍人是常衮，据《旧书》一

① 据同文馆石印本，后仿此。作者原注。

一九《常衮传》，永泰元年（七六五）迁中书舍人，时王维死（七六一）已四年。反之，若作钱起诗，却毫无滞碍。钱起与常衮年辈相等，集中并有《奉和中书常舍人晚秋集贤院即事寄徐薛二侍御》诗，可知前面那一首，若依《文苑英华》题作《晚归蓝田酬中书常舍人赠别》，是合理的，但最好是题作《晚归蓝田酬王给事赠别》。因为涵芬楼景印元刊本《王右丞集》卷五也载有这首诗，在《送钱少府还蓝田》之后。这就明白了。钱少府即钱起，钱起做过蓝田县尉，有《初黄绶赴蓝田县作》一诗可证。这回钱起从长安归蓝田，王维作了那首《送钱少府还蓝田》诗送他，钱起也作了一首诗给他留别。这首诗在钱起本集里便题作《晚归蓝田酬王给事赠别》。王缙编《右丞集》时，钱起诗也被收入，又为简便计，改题作《留别》。原来的款式应该如此：

留别　　　钱起

被钞胥误为“留别钱起”之后，作者的名字不见了，便成为王维本集里的诗了。元本《王右丞集》已经错成了这样，不过它的次第还紧接在《送钱少府还蓝田》之后，所以我们依前面的方法，将诗意和题文对勘之后，再细心推索一下，还不难找出它的底蕴来。若像《全唐诗》，又把旧有的次第扰乱了，使两诗的部位相隔那样远（《送钱少府还蓝田》在第十二页，《留别钱起》在第十五页），案情的复杂又加深了一层，便更叫人摸不着头绪了。

明白了王维的《送钱少府还蓝田》和钱起的《晚归蓝田酬王给事赠别》是一赠一答的“配偶作”，我们便知道钱起做蓝田尉时，王维正在做给事中。王维天宝十五载已为给事中，其初授此官，盖在十二三载，因为十一载他还在做文部郎中。钱起天宝十载登进士第，必是登第后授蓝田尉，所以王维做给事中时，他还未满秩。唯其如此，所以他给王维的诗中有“卑栖却得性”与“霄汉时回首，知音青锁闱”等语。

（二）丘为诗误入王维集一例

前面所引《全唐诗》王维集中的《留别钱起》后，紧接着一首：

留别丘为

归鞍白云外，缭绕出前山。今日又明日，

自知心不闲。亲劳簪组送，欲趁莺花还。一步一回首，迟迟向近关。

这首诗又见于丘为集，题作《留别王维》，下注云“一作王维留别丘为诗”。不消说得，诗一定是丘为作的，其所以错给王维，与上述钱起诗的情形是一样的。元刊本《王右丞集》也载了这首诗，紧前面一首的标题是《送丘为往唐州》。很明显的，这是王集中《送丘为往唐州》后附录的丘为的诗，原题作《留别》，下署“丘为”二字，糊涂的写官用和前边一样的手段，也把它奉送给王维了。至于在《全唐诗》中，《送钱少府还蓝田》与《送丘为往唐州》列在一起，在第十二页，《留别钱起》与《留别丘为》，也列在一起，在第十五页，这种排列的动机，也不难窥破。许多唐人的集子本是编年的，后来多事的人偏要给他分类分体。左改右改，结果除了把编年体本身极宝贵的价值全毁了之外，还造了许多严重的罪孽。例如钱起、丘为两诗，在元刊本《右丞集》中，虽已经错给王维了，但最初编次的部位都还保存着，所以由《送钱少府还蓝田》，我们不难于推测出下面紧接着的《留别钱起》，应题作《留别》，而将“钱起”二字向下移作此诗著者的姓名。同样地由《送丘为往唐州》，我们也可以悟到下面紧接着的《留别丘为》也只应题作《留别》，而“丘为”则当向下移作著者的姓名。但是《全唐诗》不知道根据了哪一家分类的本子，把《送钱少府》与《送丘为》两诗排在一起，又把《留别钱起》与《留别丘为》抽出来，排在另一处，吊在后面老远的。这一来，尤其是丘为这首诗，语意本来空空洞洞，不曾供给一点内证。假如没有元本的次第作印证，我们怎敢毅然决然断定它是那样错送给王维了的呢？

（三）皇甫冉诗误入郎士元集一例

下列一诗见《全唐诗》卷九第五十九页郎士元集：

朱方南郭留别皇甫冉（一作皇甫冉诗，题作润州南郭留别）

萦回枫叶岸，留滞木兰桡。吴岫新经雨，江天正落潮。故人劳见爱，行客自无憀。若问前程事，孤云入剡遥。

这诗又见同卷第六十二页皇甫冉集，正题作《润州南郭留别》，下注云“一作郎士元诗”。《御览诗》也有它，亦作皇甫冉，题作《江山（上）留别》。《御览诗》是元和时令狐楚编的，当然比较可靠。所以我认为这诗确乎是皇甫冉作的。何以错入郎士元集中呢？原来郎集中必定附载过这首诗，下署名“皇甫冉”，写官将“皇甫冉”三字并入题中，诗便为郎士元所有了。

（四）皇甫冉诗误入张南史集一例

《全唐诗》卷十一第三十六页张南史集有《江北春望赠皇甫补阙》七律一首，下面紧接着又是一首七律：

酬张二仓曹扬子闲居见寄兼呈韩郎中左补阙皇甫冉

孤云独鹤自悠悠，别后经年尚泊舟。渔父置（皇甫冉集作致，非是）词相借问，仙郎能赋许依投。折芳远计（当从皇甫冉集作寄）三春草，乘兴闲看万里流。莫怪杜门频乞假，不堪扶病拜龙楼。

这诗的作者不是张南史，有一个铁样的内证。《唐书·艺文志》说张南史曾经“以试参军避乱居扬州扬子”，《唐才子传》卷三说他“仕为左卫仓曹参军”，窦常又有《哭张仓曹南史》诗。由这些可以证明题中那闲居于扬子的张二仓曹，便是南史自己。诗若是南史作的，岂不成了自己给自己酬答吗？原诗又见于卷九第六十七页皇甫冉集中，题与张集所载相同，唯无“左补阙皇甫冉”六字。其间的曲折也是极容易明白的。本是皇甫冉的诗，题曰《酬张二仓曹扬子闲居见寄兼呈韩郎中》，与张南史的《江北春望赠皇甫补阙》是一赠一答，所以张集中把它附载于那首赠诗之后。写官不小心，将题下的名衔“左补阙皇甫冉”六字混入题中，这才变成张南史的诗了。其实，读者若是细心的话，单看题的下半截，已够令他疑心的了。首先，张南史对他的朋友皇甫冉，依常例，当称“皇甫补阙”，或“皇甫补阙冉”，或“皇甫冉补阙”，绝不称“左补阙皇甫冉”。再者，假使这诗依张集标题的含义，是酬张二仓曹兼呈给韩某与皇甫冉两人的，则对两人的称呼当一律，题作“兼呈韩郎中皇甫补阙”（或作“□□郎中韩□左补阙皇甫冉”，如果这种称呼是合乎习惯的话）。如今却分用两种格式，一称“韩郎中”，一称“左补阙皇甫冉”，不也是很可怪的吗？现在把“左补阙皇甫冉”六字从题中退出来，作为此诗作者的名衔，疑团便立时冰释了。至于篇末“莫怪杜门频乞假，不堪扶病拜龙楼”二句，与皇甫冉的事迹也恰合。据独孤及《左补阙安定皇甫公集序》说，冉迁左补阙后，回家不久便死了。迁左补阙时已经多病，因病而告假回家，回家不久便逝世，这显然一贯的事实，不也暗示着这首诗的作者是皇甫冉吗？

张南史的事迹，诸书所载的非常简单。现在我们既判定前面那首诗是皇甫冉做左补阙时作的，而诗题称“张二仓曹”，那么我们也就知道张南史在大历二年，已经做着仓曹参军，因为据独孤及序，皇甫冉迁左拾遗，转左（原误作右）补阙，是在这年，而转左补阙之后，不久就回到家乡来死了。这是因确定了这首诗的真作者，而附带获得的一点新知识，虽所获无多，然而在张南史那样简略的传记中，这一点点小发现也就够宝贵的了。

（五）窦叔向诗误入张继集一例

《全唐诗》卷九第四十页张继集有下列一诗：

送窦十九判官使江南

游客淹星纪，裁诗炼土风。今看乘传去，

那与问津同。南郡迎徐子，临川谒谢公。思归一惆怅，于越古亭中。

向后数第二首是

酬张二十员外前国子博士窦叔向

故交日零落，心赏寄何人。幸与冯唐遇，心同迹复亲。语言未终夕，离别又伤春。结念湓城下，闻猿诗兴新。

第二首不像是张继的诗，因为有两个可疑之点。第一，刘长卿有《哭张员外继》诗，《中兴间气集》亦称“张继员外”，而张继做过祠部员外郎，见《新书·艺文志》。这题中的张二十员外似即张继自己。第二，这诗若是酬张、窦两人的，依常例当称“张二十员外窦十九博士”（皇甫冉有《送窦十九叔向入京》诗，崔峒有《赠窦十九》诗，亦即叔向），这里对两人的称呼不一致，是不近情理的。因此，我断定“国子博士窦叔向”七字是作诗人的名衔，误入题中。这诗的原唱就是前面那题名《送窦十九判官使江南》的一首，因曾经附载在张继集中，所以闹出这个错儿来。何以知道二诗是一赠一答的“配偶作”呢？除了标题的暗示外，诗中还有证据。《唐书·艺文志》称张继“大历末，检校祠部员外郎，分掌财赋于洪州”。刘长卿《哭张员外》诗原注也说道：“公及夫人相次殁于洪州。”窦叔向奉使往江南去，必是从江西出发，所以张继送他的诗中说“南郡迎徐子，临川谒谢公”，都是用的江西的故事。而窦酬诗中有“结念湓城下”之语，湓城也是江西的地方。看来，后一首是窦叔向的作品，毫无疑义，不过《全唐诗》窦叔向集中并没有载它，这却也不足怪。宋朝的洪迈不是已经说过窦叔向的诗难得遇见吗？元朝的辛文房不是依然叹道“今存诗甚寡，盖零落多矣”吗？这一首在“本人”名下久已失落了的诗，幸而是被混进一位朋友的集子里，才得保存到今天。窦叔向的幸运，真可谓塞翁失马，因祸得福了。

窦叔向的诗，除了洪迈从吴良嗣家所抄唐诗中收得的六首之外，后来毛晋又从《唐诗纪事》续添三首，共得九首。毛氏因而夸道：“自宋迄今几百年，余所见叔向诗反多于容斋，始信诗文显晦，故自有时，匪关岁月之先后久暂也。”从毛氏到今又是“几百年”，叔向的诗又多出一首来，毛氏所谓“匪关岁月之先后久暂”，果然不错。

诗人的蛮横*

孔子教小子，教伯鱼的话，正如孔子一切的教训，在这年头儿，都是犯忌讳的。依孔子的见解，诗的灵魂是要“温柔敦厚”的。但是在这年头儿，这四个字千万说不得，说出了，便证明你是个弱者。当一个弱者是极寒碜的事，特别是在这一个横蛮的时代。在这时代里，连诗人也变横蛮了；作诗不过是用比较斯文的方法来施行横蛮的伎俩。我们的诗人早起听见鸟儿叫了几声，或是上万牲园逛了一逛，或是接到一封情书了……你知道——或许他也知道这都不是什么了不得的事件，够不上为它们就得把安居乐业的人类都给惊动了。但是他一时兴会来了，会把这消息用长短不齐的句子分行写了出来，硬要编辑先生们给它看过

* 本文原载1926年5月27日北平《晨报》副刊。

几遍，然后又耗费了手民的筋力给它排印了，然后又占据了上千上万的读者的光阴给它读完了，最末还要叫世界，不管三七二十一，承认他是一个天才。你看这是不是横蛮？并且他凭空加了世界这些担负，要是哪一方面——编辑、手民或读者——对他大意了一点，他便又要大发雷霆，骂这世界盲目、冷酷、残忍、蹂躏天才……这种行为不是横蛮是什么？再如果你好心好意对他这作品下一点批评，说他好，那固然算你没有瞎眼睛，你要是敢说了他半个坏字，那你可触动了太岁，他能咒到你全家都死尽了。试问这不是横蛮是什么？

我看如果诗人们一定要这样横蛮，这样骄纵，这样跋扈，最好早晚由政府颁布一个优待诗人的条例，请诗人都戴上平顶帽子，穿上灰色制服（最好是粉红色的，那最合他们身份），以表示他们是属于享受特殊权利的阶级，并且依照优待军人的办法，电车上、公园里、戏园里……都准他们自由出入，让他们好随时随地寻求灵感。反正他们享受的权利已经不少了，政府不如卖一个面子，追认一下。但是我怕这一来，中国诗人一向的“温柔敦厚”之风会要永远灭绝了。

十五年五月二十七日

诗的格律*

一

假定“游戏本能说”能够充分地解释艺术的起源，我们尽可以拿下棋来比作诗；棋不能废除规矩，诗也就不能废除格律。（格律在这里是form的意思。“格律”两个字最近含着了一点坏的意思；但是直译form为形体或格式也不妥当。并且我们若是想起form和节奏是一种东西，便觉得form译作格律是没有什么不妥的了。）假如你拿起棋子来乱摆布一气，完全不依据下棋的规矩进行，看你能不能得到什么趣味？游戏的趣味是要在一种规定的格律之内出奇

* 本文原载1926年5月13日北平《晨报》副刊。

制胜。作诗的趣味也是一样的。假如诗可以不要格律，作诗岂不比下棋、打球、打麻将还容易些吗？难怪这年头儿的新诗“比雨后的春笋还多些”。我知道这些话准有人不愿意听。但是 Bliss Perry 教授的话来得更古板。他说：“差不多没有诗人承认他们真正给格律缚束住了。他们乐意戴着脚镣跳舞，并且要戴别个诗人的脚镣。”

这一段话传出来，我又断定许多人会跳起来，喊着：“就算它是诗，我不作了行不行？”老实说，我个人的意思以为这种人就不作诗也可以，反正他不打算来戴脚镣，他的诗也就作不到怎样高明的地方去。杜工部有一句经验语很值得我们揣摩的，“老去渐于诗律细”。

诗国里的革命家喊道“皈返自然”。其实他们要知道自然界的格律，虽然有些像蛛丝马迹，但是依然可以找得出来。不过自然界的格律不圆满的时候多，所以必须艺术来补充它。这样讲来，绝对的写实主义便是艺术的破产。“自然的终点便是艺术的起点”，王尔德说得很对。自然并不尽是美的。自然中有美的时候，是自然类似艺术的时候。最好拿造型艺术来证明这一点。我们常常称赞美的山水，讲它可以入画。的确中国人认为美的山水，是以像不像中国的山水画做标准的。欧洲文艺复兴以前所认为女性的美，从当时的绘画里可以证明，同现代女性美的观念完全不合；但是现代的观念不同希腊的雕像所表现的女性美相符了。这是因为希腊雕像的出土，促成了文艺复兴，文艺复兴以来，艺术描写美人，都拿希腊的雕像做蓝本，因此便改造了欧洲人的女性美的观念。我在赵瓯北的一首诗里发现了同类的见解。

绝似盆池聚碧潺，嵌空石笋满江湾。
化工也爱翻新样，反把真山学假山。

这径直是讲自然在模仿艺术了。自然界当然不是绝对没有美的。自然界里面也可以发现出美来，不过那是偶然的事。偶然在言语里发现一点类似诗的节奏，便说言语就是诗，便要打破诗的音节，要它变得和言语一样——这真是诗的自杀政策了。（注意我并不反对用土白作诗，我并且相信土白是我们新诗的领域里一块非常肥沃的土壤，理由等将来再仔细地讨论。我们现在要注意的只是土白可以“作”诗；这“作”字便说明了土白须要一番锻炼选择的工作，然后才能成诗。）诗之所以能激发情感，完全在它的节奏；节奏便是格律。莎士比亚的诗剧里往往遇见情绪紧张到万分的时候，便用韵语来描写。歌德作《浮士德》也曾用同类的手段，在他致席勒的信里并且提到了这一层。韩昌黎“得窄韵则不复傍出，而因难见巧，愈险愈奇……”这样看来，恐怕越有魄力的作家，越是要戴着脚镣跳舞才跳得痛快，跳得好。只有不会跳舞的才怪脚镣碍事，只有不会作诗的才感觉得格律的缚束。对于不会作诗的，格律是表现的障碍物；对于一个作家，格律便成了表现的利器。

又有一种打着浪漫主义的旗帜来向格律下攻击令的人。对于这种人，我只要告诉他们一件事实。如果他们要像现在这样的讲什么浪漫主义，就等于承认他们没有创造文艺的诚意。因为，照他们的成绩看来，他们压根儿就没有注重到文艺的本身，他们的目的只在披露他们自己的原形。顾影自怜的青年们一个个都以为自身的人格是再美没有的，只要把这个赤裸裸地和盘托出，便是艺术的大成功了。你没有听见他们天天唱道“自我的表现”吗？他们确乎只认识了文艺的原料，没有认识那将原料变成文艺所必需的工具。他们用了文字做表现的工具，不过是偶然的事，他们最称心的工作是把所谓“自我”披露出来，是让世界知道“我”也是一个多才多艺、善病工愁的少年；并且在文艺的镜子里照见自己那倜傥的风姿，还带着几滴多情的眼泪，啊！啊！那是多么有趣的事！多么浪漫！不错，他们所谓浪漫主义，正浪漫在这点上，和文艺的派别绝不发生关系。这种人的目的既不在文艺，当然要他们遵从诗的格律来作诗，是绝对办不到的；因为有了格律的范围，他们的诗就根本写不出来了，那岂不失了他们那“风流自赏”的本旨吗？所以严格一点讲起来，这一种伪浪漫派的作品，当它作把戏看可以，当它作西洋镜看也可以，但是万不能当它作诗看。格律不格律，因此就谈不上了。让他们来反对格律，也就没有辩驳的价值了。

上面已经讲了格律就是form。试问取消了form，还有没有艺术？上面又讲到格律就是节奏。讲到这一层更可以明了格律的重要；因为世上只有节奏比较简单的散文，绝不能有没有节奏的诗。本来诗一向就没有脱离过格律或节奏。这是没有人怀疑过的天经地义。如今却什么天经地义也得有证明才能成立，是不是？但是为什么闹到这种地步呢——人人都相信诗可以废除格律？也许是“安拉基”精神，也许是好时髦的心理，也许是偷懒的心理，也许是藏拙的心理，也许是……那我可不知道了。

二

前面已经稍稍讲了讲诗为什么不当废除格律。现在可以将格律的原质分析一下了。从表面上看来，格律可从两方面讲：（一）属于视觉方面的；（二）属于听觉方面的。这两类其实又当分开来讲，因为它们是息息相关的。譬如属于视觉方面的格律有节的匀称，有句的均齐。属于听觉方面的有格式，有音尺，有平仄，有韵脚；但是没有格式，也就没有节的匀称，没有音尺，也就没有句的均齐。

关于格式、音尺、平仄、韵脚等问题，本刊上已经有饶孟侃先生《论新诗的音节》的两篇文章讨论得很精细了。不过他所讨论的是从听觉方面着眼的。至于视觉方面的两个问题，他却没有提到。当然视觉方面的问题比较占次要的位置。但是在我们中国的文学里，尤其不当忽略视觉一层，因为我们的文字是象形的，我们中国人鉴赏文艺的时候，至少有一半的印象是要靠眼睛来传达的。原来文学本是占时间又占空间的一种艺术。既然占了空间，却又不能在视觉上引起一种具体的印象——这是欧洲文字的一个缺憾。我们的文字有了引起这种印象的可能，如果我们不去利用它，真是可惜了。所以新诗采用了西文诗分行写的办法，的确是很有关系的一件事。姑无论开端的人是有意的还是无心的，我们都应该感谢他。因为这一来，我们才觉悟了诗的实力不独包括音乐的美（音节）、绘画的美（辞藻），并且还有建筑的美（节的匀称和句的均齐）。这一来，诗的实力上又添了一支生力军，诗的声势更加扩大了。所以如果有人要问新诗的特点是什么，我们应该回答他：增加了一种建筑美的可能性是新诗的特点之一。

近来似乎有不少的人对于节的匀称和句的均齐表示怀疑，以为这是复古的象征。做古人的真倒霉，尤其做中华民国的古人！你想这事怪不怪？做孔子的如今不但“圣人”“夫子”的徽号闹掉了，连他自己的名号也都给褫夺了，如今只有人叫他作“老二”；但是耶稣依然是耶稣基督，苏格拉提[1]依然是苏格拉提。你作诗模仿十四行体是可以的，但是你得十二分小心，不要把它作得像律诗了。我真不知道律诗为什么这样可恶，这样卑贱！何况用语体文写诗写到同律诗一样，是不是可能的？并且现在把节做到匀称了，句做到均齐了，这就算是律诗吗？

① 今译作苏格拉底。

诚然，律诗也是具有建筑美的一种格式；但是同新诗里的建筑美的可能性比起来，可差得多了。律诗永远只有一个格式，但是新诗的格式是层出不穷的。这是律诗与新诗不同的第一点。作律诗无论你的题材是什么，意境是什么，你非得把它挤进这一种规定的格式里去不可，仿佛不拘是男人、女人、大人、小孩，非得穿一种样式的衣服不可。但是新诗的格式是相体裁衣。例如《采莲曲》的格式绝不能用来写《昭君出塞》,《铁道行》的格式绝不能用来写《最后的坚决》,《三月十八日》的格式绝不能用来写《寻找》。在这几首诗里面，谁能指出一首内容与格式，或精神与形体不调和的诗来，我倒愿意听听他的理由。试问这种精神与形体调和的美，在那印板式的律诗里找得出来吗？在那乱杂无章、参差不齐、信手拈来的自由诗里找得出来吗？

律诗的格律与内容不发生关系，新诗的格式是根据内容的精神制造成的，这是它们不同的第二点。律诗的格式是别人替我们定的，新诗的格式可以由我们自己的意匠来随时构造。这是它们不同的第三点。有了这三个不同之点，我们应该知道新诗的这种格式是复古还是创新，是进化还是退化。

现在有一种格式：四行成一节，每句的字数都是一样多。这种格式似乎用得很普遍。尤其是那字数整齐的句子，看起来好像刀子切的一般，在看惯了参差不齐的自由诗的人，特别觉得有点稀奇。他们觉得把句子切得那样整齐，该是多么麻烦的工作。他们又想到作诗要是那样麻烦，诗人的灵感不完全毁坏了吗？灵感毁了，还哪里去找诗呢？不错，灵感毁了，诗也毁了。但是字句锻炼得整齐，实在不是一件难事；灵感绝不致因为这个就会受了损失。我曾经问过现在常用整齐的句法的几个作者，他们都这样讲；他们都承认若是他们的哪一首诗没有作好，只应该归罪于他们还没有把这种格式用熟；这种格式的本身，不负丝毫的责任。我们最好举两个例来对照着看一看，一个例是句法不整齐的，一个是整齐的，看整齐与凌乱的句法和音节的美丑有关系没有——

我愿透着寂静的朦胧，薄淡的浮纱，
细听着淅淅的细雨寂寂地在檐上，
激打遥对着远远吹来的空虚中的嘘叹的声音，
意识着一片一片地坠下的轻轻的白色的落花。

说到这儿，门外忽然灯响，
老人的脸上也改了模样；

孩子们惊望着他的脸色，

他也惊望着炭火的红光。

到底哪一个的音节好些——是句法整齐的，还是不整齐？更彻底地讲来，句法整齐不但于音节没有妨碍，而且可以促成音节的调和。这话讲出来，又有人不肯承认了。我们就拿前面的证例分析一遍，看整齐的句法同调和的音节是不是一件事。

孩子们 | 惊望着 | 他的 | 脸色

他也 | 惊望着 | 炭火的 | 红光

这里每行都可以分成四个音尺，每行有两个“三字尺”（三个字构成的音尺之简称，以后仿此）和两个“二字尺”，音尺排列的次序是不规则的，但是每行必须还他两个“三字尺”两个“二字尺”的总数。这样写来，音节一定铿锵，同时字数也就整齐了。所以整齐的字句是调和的音节必然产生出来的现象。绝对的调和音节，字句必定整齐。（但是反过来讲，字数整齐了，音节不一定就会调和，那是因为只有字数的整齐，没有顾到音尺的整齐——这种整齐是死气板脸地硬嵌上去的一个整齐的框子，不是充实的内容产生出来的天然的整齐的轮廓。)

这样讲来，字数整齐的关系可大了，因为从这一点表面上的形式，可以证明诗的内在的精神——节奏的存在与否。如果读者还以为前面的证例不够，可以用同样的方法分析我的《死水》。

这首诗从第一行“这是｜一沟｜绝望的｜死水”起，以后每一行都是用三个“二字尺”和一个“三字尺”构成的，所以每行的字数也是一样多。结果，我觉得这首诗是我第一次在音节上最满意的试验。因为近来有许多朋友怀疑到《死水》这一类麻将牌式的格式，所以我今天就顺便把它说明一下。我希望读者注意，新诗的音节，从前面所分析的看来，确乎已经有了一种具体的方式可循。这种音节的方式发现以后，我断言新诗不久定要走进一个新的建设的时期了。无论如何，我们应该承认这在新诗的历史里是一个轩然大波。

这一个大波的荡动是进步还是退化，不久也就自然有了定论。

十五年五月十三日

诗与批评*

什么是诗呢？我们谁能大胆地说出什么是诗呢？我们谁能大胆地决定什么是诗呢？不能！有多少人是曾经对于诗发表过意见，但那意见不一定是合理的，不一定是真理；那是一种个人的偏见，因为是偏见，所以不一定是对的。但是，我们怎样决定诗是什么呢？我以为，来测度诗的不是偏见，应该是批评。

对于“什么是诗”的问题，有两种对立的主张。

有一种人以为：“诗是不负责的宣传。”

另一种人以为：“诗是美的语言。”

我们念了一篇诗，一定不会是白念的，只要是好诗，我们念过之后就受了它的影响：诗人在作品中对于人生

---

* 本文原载1944年9月1日《火之源丛刊》第二、三集合刊。

的看法影响我们，对于人生的态度影响我们，我们就是接受了他的宣传。诗人用了文字的魔力来征服他的读者，先用了这种文字的魅力使读者自然地沉醉，自然地受了催眠，然后便自自然然地接受了诗人的意见，接受他的宣传。这个宣传是有如何的效果呢？诗人不问这个，因为他的宣传是不负责的宣传。诗人在作品中所表示的意见是可靠的吗？这是不一定的，诗人有他自己的偏见，偏见不一定是对的。好些人把诗人比作疯子，疯人的意见怎么是真理呢？实在，好些诗人写下了他的诗篇，他并不想到有什么效果，他并不为了效果而写诗，他并不为了宣传而写诗，他是为诗而写诗的；因之，他的诗就是一种不负责的东西了，不负责的东西是好的吗？这是一个很重要的问题，所以，第一种主张，就侧重在这种宣传的效果方面，我想这是一种对于诗的价值论者。

好些人念一篇诗时是不理会他的价值的，他只吟味于词句的安排，惊喜于韵律的美妙：完全折服于文字与技巧中。这种人往往以为他的态度仅止于欣赏，仅止于享受而已。他是为念诗而念诗。其实这是不可能的事，在文字与技巧的魅力上，你并不只享受于那份艺术的功力，你会被征服于不知不觉中，你会不知不觉地为诗人所影响，所迷惑。对于这种不顾价值，而只求感受舒适的人，我想他们是对于诗的效率论者。

这两种态度都是不对的。因为单独的价值论或是效率论都不是真理。我以为，从批评诗的正确的态度上说，是应该二者兼顾的。

柏拉图在他的《理想国》中赶走了诗人，因为他不满意诗人。他是一个极端的价值论者，他不满意于诗人的不负责的宣传。一篇诗作是以如何残忍的方式去征服一个读者。诗篇先以美的颜面去迷惑了一个读者，叫他沉迷于字面、音韵、旋律，叫他为这些奉献了自己，然而又以诗人的偏见深深烙印在读者的灵魂与感情上，然而这是一个如何的烙印——不负责的宣传已是诗的最大罪名了，我们很难有法子让诗人对于他的宣传负责（诗人是否能负责又是一个问题）。这样一来，为了防范这种不负责的宣传，我们是不是可以不要诗了呢？不行，我们觉得诗是非要不可，诗非存在不可的。既然这样，所以我们要求诗是“负责的宣传”。我们要求诗人对他的作品负责，但这也许是不容易的事，因之，我们想得用一点外力，我们以社会使诗人负责。

负责的问题成为最重要的了，我们为了诗的光荣存在而辩护，所以不能不要求诗的宣传是负责的，是有利益于社会的。我们想，若是要知道这宣传是否负责而用新闻检查的方式，实在是可笑的，我们不能用检查去了解，我们要用批评去了解；目前的诗著作是可用检查的方式限制的，但这限制对于古人是无用的，而且事实上有谁会想出这种类似焚书坑儒的事来折磨我们的诗人呢？我想应该不会，在苏联和别的国家也许用一种方法叫诗人负责，方法很简单，就是拉着诗人的鼻子走，如同牵牛一样，政府派诗人作负责的诗，一个纪念，叫诗人作诗；一个建筑落成，叫诗人作诗。这样，好些诗是写出来了，但结果，在这种方式下产生出来的作品，只是宣传品而不是诗了。既不是诗，宣传的力量也就小了或甚至没有了。最后，这些东西既不是诗，也不是宣传品，则什么都不是了，我们知道马也可夫斯基写过诗，也写过宣传品，后来他自杀了，谁知道他为什么自杀呢？所以我想，拉着诗人的鼻子走的方式并不是好的方式。

政府是可以指导思想的。但叫诗人负责，这不是诗人做得到的；上边我说，我们需要一点外力，这外力不是发自政府，而是发自社会，我觉得去测度诗的是否为负责的宣传的任务不是检查所的先生完成得了的，这个任务，应该交给批评家。

每个诗人都有他独特的性格、作风、意见和态度，这些东西会表现在作品里。一个读者要单选上一个诗人的东西读，也许不是有益而是有害的，因为我们无法担保这个诗人是完全对的，我们一定要受他的影响，若他的东西有了毒，是则我们就中毒了。鸡蛋是一种良好的食品，既滋补而又可口，但据说吃多了是有毒的，所以我们不能天天只吃鸡蛋，我们要吃别的东西。读诗也一样，我觉得无妨多读，从庞乱中，可以提取养料来补自己。我们可以读李白、杜甫、陶潜、李商隐、莎士比亚、但丁、雪莱，甚至其他的一切诗人的东西，好些作品混在一起，有毒的部分抵消了，留下滋养的成分；不负责的部分没有了，留下负责的成分。因为，我们知道凡是能够永远流传下去的东西，差不多可以说是好的，时间和读者会无情地淘汰坏的作品。我以为我们可以有一个可靠的选本，这位批评家应该懂得人生，懂得诗，懂得什么是效率，懂得什么是价值。

我以为诗是应该自由发展的。什么形式什么内容的诗我们都要。我们设想我们的选本是一个治病的药方，那么里面可以有李白、杜甫、陶渊明、苏东坡、歌德、济慈、莎士比亚；我们可以假想李白是一味大黄吧，陶渊明是一味甘草吧，他们都有用，我们只要适当地配合起来，这个药方是可以治病的。所以，我们与其去管诗人，叫他负责，我们不如好好地找到一个批评家，批评家不单给我们以好诗，而且可以给社会以好诗。

历史是循环的，所以我现在想提到历史来帮助我们了解我们的时代，了解时代赋予诗的意义，了解我们批评的态度。封建的时代我们看得出只有社会，没有个人，《诗经》给他们一个证明。《诗经》的时代过去了，个人从社会里边站出来，于是我们发觉《古诗十九首》实在比《诗经》可爱，《楚辞》实在比《诗经》可爱。因为我们自己现在是个人主义社会里的一员，我们所以喜爱那个人的表现，我们因之觉得《古诗十九首》比《诗经》对我们亲切。《诗经》的时代过去了之后，个人主义社会的趋势已经非常明显了。而且实实在在就果然进到了个人主义社会。这时候只有个人，没有社会。个人是耽沉于自己的享乐，忘记社会，个人是觅求“效率”以增加自己愉悦的感受，忘记自己以外的人群。陶渊明时代有多少人过极端苦闷的日子，但他不管，他为他自己写下闲逸的诗篇。谢灵运一样忘记社会，为自己的愉悦而玩弄文字——当我们想到那时别人的苦难，想着那幅流民图，我们实实在在觉得陶渊明与谢灵运之流是多么无心肝，多么该死——这是个人主义发展到极端了，到了极端，即是宣布了个人主义的崩溃、灭亡。杜甫出来了，他的笔触到广大的社会与人群，他为了这个社会与人群而共同欢乐，共同悲苦，他为社会与人群而振呼。杜甫之后有了白居易，白居易不单是把笔濡染着社会，而且他为当前的事物提出他的主张与见解。诗人从个人的圈子走出来，从小我而走向大我，《诗经》时代只有社会，没有个人，再进而只有个人没有社会，进到这时候，已经是成为个人社会（Individual Society）了。

到这里，我应提出我是重视诗的社会的价值了。我以为不久的将来，我们的社会一定会发展成为Society of Individual，Individual for Society（社会属于个人，个人为了社会）的，诗是与时代共同呼吸的，所以，我们时代不单要用效率论来批评诗，而更重要的是以价值论诗了，因为加在我们身上的将是一个新时代。

诗是要对社会负责了，所以我们需要批评。《诗经》时代何以没有批评呢？因为，那些作品都是负责的，那些作品没有“效率”，但有“价值”，而且全是“教育的价值”，所以不用批评了（自然，一篇实在没有价值的东西也可以说得出价值来的，对这事我们可以不必论及了）。个人主义时代也不要批评，因为诗就是给自己享受享受而已，反正大家标准一样，批评是多余的；那时候不论价值，因为效率就是价值（诗话一类的书就只在谈效率，全不能算是批评）。但今天，我们需要批评，而且需要正确而健康的批评。

春秋时代是一个相当美的时代，那时候政治上保持一种均势。孔子删诗，孔子对于诗作过最好的、最合理的批评。在《左传》上关于诗的批评我认为是对的，孔子注重诗的社会价值。自然，正确的批评是应该兼顾到效率与价值的。

从目前的情形看，一般都只讲求效率，而忽视了价值，所以我要大声疾呼，请大家留心价值。有人以为看重价值就会忽略了效率，就会抹杀了效率。我以为不会。这种担心是多余的。我们不要以为效率会被抹杀，只要看看普遍的情形。我们不是还叫读诗叫欣赏诗吗？我们不是还很重视字句声律这些东西吗？社会价值是重要的，我们要诗成为“负责的宣传”，就非得看重价值不可，因为价值实在是被“忽视”了。

诗是社会的产物，若不是于社会有用的工具，社会是不要它的。诗人掘发出了这原料，让批评家把它做成工具，交给社会广大的人群去消化。所以原料是不怕多的，我们什么诗人都要，什么样的诗都要，只要制造工具的人技术高、技术精。

我以为诗人有等级的，我们假设说如同别的东西一样分作一等二等三等，那么杜甫应该是一等的，因为他的诗博、大。有人说黄山谷、韩昌黎、李义山等都是从杜甫来的，那么杜甫是包罗了这么多“资源”，而这些资源大部是优良的美好的，你只念杜甫，你不会中毒，你只念李义山就糟了，你会中毒的，所以李义山只是二等诗人了。陶渊明的诗是美的，我以为他诗里的资源是类乎珍宝一样的东西，美丽而没有用，是则陶渊明应列在杜甫之下。

所以，我们需要懂得人生，懂得诗，懂得什么是效率，懂得什么是价值的批评家为我们制造工具，编制选本，但是，谁是批评家呢？我不知道。